尋找幸運草

趙國瑞 著

王淑惠 圖

夢的翅膀 ——代序

相傳夢婆婆教睡夢中的嬰兒微笑，人類開始有夢。有人夜夜有夢，有人宵宵無夢。有人好夢頻頻，有人惡夢連連。夢境形形色色，千變萬化，多采多姿，如幻似真。夢起夢醒，相隨一生。

幼小時的夢原本單純，無非是有關生理本能的情緒反應。自從夢化身為想像的翅膀，帶引孩子遨遊童話世界，才發掘夢的寶藏。孩子們跟著愛麗絲夢遊仙境；隨著小飛俠彼得潘空中飛行；攀登傑克的豌豆樹；搭乘辛得蕾娜的南瓜車；揮舞王子正義的劍；轉動公主的紡紗車；與小矮人跳舞；向大巨人挑戰。孩子們快樂地享受奇妙無比的夢想。

青少時開始塑造屬於自己的夢，追求夢的理想，

達成夢的願望。也許美夢成真，也許春夢無痕。儘管追夢不成，仍然勇氣百倍，繼續編織美夢。於是夢又化身為冒險的羽翼、創造的翅膀，自由飛翔夢的世界。或許同時擁有不同的夢；或許終身堅持一個夢想，不眠不休的築夢，不氣不餒的圓夢，為自己寫下輝煌的歷史，為人類留下無價的寶藏。藝術家中有以短暫的生命追尋夢想，如莫札特的天籟之音，舒伯特的不朽之歌。有以漫長的生涯實現夢想，如浪漫印象大師莫內，超現實的天才畢卡索。更有那全能的達文西，同時在藝術、科學、發明領域中開天闢地，彰顯非凡的創造才華，實現夢想的能力登峰造極，無與倫比。

　　壯年時，舊夢延伸在追求中，新夢消失在現實裡。夢神收回翅膀，心靈囿於軀體，思想不再飛揚。憧憬順

水遠去，浪漫隨風飄逝。落實平凡的生活，無暇尋求夢的超越。於是，夢隱身而退。無夢的日子，任憑時光虛度，也許依然快樂，安之若素。驀然回首，才發現無夢的歲月黯淡無光，令人徒增遺憾悵惘。也許曾為他人築夢圓夢，但畢竟不是自己的夢，到頭來仍是鏡花水月一場空。

老年的夢陷入回憶的深淵。童年趣事，往日情懷，舊朋故交，前塵往事，一再呈現夢中。於是，夢又化身為撫慰的翅膀，陪伴老人舊夢重溫，平息孤單寂寞。復見昔時繁華，重振往日雄風，回到一生最光輝的歲月。因為年輕時儲存豐富的夢，老年才有夢可待追憶。因為營造了美夢無數，夢裡才能重拾歡笑。因為有舊夢，才能填補無夢的空虛。因為憶舊而可能創新，一旦激盪尋

夢的意念和勇氣，夢神立即送還翅膀，使其再度遨遊飛翔，探索發現嶄新的夢想，開啟新的人生方向，重回夢的理想。

　　夢，不可思議的夢。夢，一生相隨的夢。來無影，去無蹤，虛幻仙境渺茫夢。夢裡哭，夢裡笑，悲歡喜樂皆是夢。生是夢，死是夢，原本就是黃粱夢。儘管有人嚮往夢的美幻，有人感傷夢的無常，有人寄望夢的安慰，有人期盼夢的超越，人們永遠需要夢的翅膀，追尋無限的夢想。

──原載2000年10月28日《人間福報》

目錄
CONTENTS

夢的翅膀 —— 代序 ⋯⋯⋯⋯⋯⋯⋯ 3

✿ **第一瓣幸運草：智慧**

心的傳說 ⋯⋯⋯⋯⋯⋯⋯ 12

曼曼的煩惱 ⋯⋯⋯⋯⋯⋯⋯ 17

喜鵲和烏鴉 ⋯⋯⋯⋯⋯⋯⋯ 25

會說話的九官鳥 ⋯⋯⋯⋯⋯⋯⋯ 29

森林選舉新國王 ⋯⋯⋯⋯⋯⋯⋯ 36

蟬　聲 ⋯⋯⋯⋯⋯⋯⋯ 43

附錄：創作〈蟬聲〉的主題意象

第二瓣幸運草：勇氣

小鯨巴布洛 ………………………… 48

鬥魚的遊戲 ………………………… 58

猴子奇奇和妙妙 …………………… 63

飛上雲霄萬重天 …………………… 78

第三瓣幸運草：愛心

海鷗爺爺 …………………………… 86

老榕樹 ……………………………… 100

啄木鳥 ……………………………… 104

吉吉的口袋 ………………………… 108

紫玉米 ……………………………… 117

花鹿的春天 ·························· 121

雨蛙和含羞草 ······················ 127

第四瓣幸運草：夢想

豆娘的夢 ··························· 138

蒼　鷹 ····························· 147

瓜瓞綿綿 ··························· 150

小馬斑斑 ··························· 153

小蛇歡歡 ··························· 158

幸運草 ····························· 169

圓一個飛翔的童心夢 —— 後序 ········ 172

第一瓣幸運草
智　慧

心的傳說

　　古早古早以前，有個小孩名叫一心。長得聰穎俊秀，活潑健壯，人見人愛，讚不絕口。卻不知外人看不出他的毛病，而讓家人煩惱擔憂。

　　「一心！你在看書嗎？怎麼半天沒看你翻一頁？」

　　「我在想別的事情呀！」

　　「一心！我讓你去撿柴，怎麼摘了一把花回來？」

　　「花開得真美，忍不住就摘了起來。」

　　「一心！說好中午回來吃飯，為什麼天黑才回家？到底玩到哪裡去了？」

　　「外面太好玩了，走著走著就忘了時候。」

　　「唉！做什麼事都心不在焉，丟三忘四。虧我給你取名一心，不如改個名字叫無心算了。」

　　「無心？真是太好了，沒有心可以去找很多

心，選一顆最喜歡、最快樂的心。」

於是無心出門遠遊，四方去尋找心。首先看到一個農夫在耕田，立刻上前相問：

「老農夫，你快樂嗎？」

「耕田的時候勞心勞力，豐收的時候最快樂。」

「嗯！勞心的結果是快樂，我要叫勞心。」

勞心向前走，在池塘邊休息，看到釣魚的人，一次又一次甩竿下鉤，每竿都落空，不禁發問：

「釣不到魚也快樂嗎？」

「釣魚就是一種快樂，如果耐心等待，釣到了魚更快樂。」

「耐心！不錯的心，我要叫耐心。」

耐心繼續走，無意中聽到路人閒聊：

「那個人真狠心，竟然殺了一家五口。」

「還不是因為貪心，才謀財害命。」

「唉！現在世風日下，人心不古了。」

「狠心！貪心！好可怕的心，我不要。古人的心大概比較好，我就叫古心吧！可是古心究竟好在哪裡呢？」

古心要去找尋答案。他翻山越嶺，涉水渡江，終於來到一間學堂，想請教有學問的人，卻聽到不同的聲音：

「時代是進步的，如果古人比今人好，今人不是越來越壞了嗎？取名古心太迂腐盲從了。」

「效仿古人的典範叫古心，也很有意義的。」

「為什麼一定要追隨古人取名古心？為什麼不叫美心，創造美麗的新世界。」

「我認為彈琴唱歌帶給人們心靈的歡樂更有意義，就叫樂心吧！」

「不對！不對！人生有悲有喜，偏偏悲傷多喜

樂少，還是叫悲心更恰當。」

「各位大師說的好，我都喜歡都想要，究竟要選那一個呢？」

「隨心所欲選一個就好。」

「嗯！隨心！多美妙的心，我要叫隨心。」

隨心滿意地離去，逍遙自在四處遨遊，不覺過了十幾年。有一天，突然心灰意冷，莫名地徬徨迷惘。

「隨心！隨心！隨了這麼多的心，怎麼空虛得沒有心？是不是又要換一個心呢？」

隨心又開始尋找，他漫步荒野未見心蹤；他揚帆江上不見心影。他攀峰登嶺，仰臥在巨石上，尋向那浩瀚的天，天默默無語。朵朵白雲隨風飄過，剎那間彷彿化作層層浪花迎面湧來，迷迷濛濛，蒼蒼茫茫，不覺身在雲霧中。他歡欣地伸出雙手，輕輕捧起一片雲，雲卻在指縫中溜走，只留下滴滴水

珠在他的掌心，不久也消失無蹤了。他凝視著空無
的雙掌，低頭沉思，無限惆悵。猛一抬眼，只見彩
雲繽紛，霞光萬丈，好一幅瑰麗壯觀的晚霞。他驚
喜地跳躍起來，心中若有所悟。

　　「我明白了！一滴水可以化成千變萬化的雲，
一顆心也可以換作多采多姿的心。只要一心就可以
運轉所有的心，我要叫一心。」

——原載2000年7月1日《人間福報》

曼曼的煩惱

　　曼曼是一個漂亮的小女孩。可是，圓圓的臉龐落落寡歡，烏溜溜的眼睛呆看一方，清秀的眉頭微微皺起，小巧的嘴唇高高嘟著。曼曼實在不明白，為什麼每個人都嫌她慢，催她快。想著想著，一生氣跑了出去。

　　「慢一點有什麼關係？總是催我快，怎麼快得起來？」曼曼自言自語，垂頭喪氣的坐在池塘邊，驚醒了曬太陽的老烏龜：

　　「曼曼！你嘀嘀咕咕的說什麼？」

　　「我討厭人家嫌我慢。」

　　「慢有什麼不好？你瞧我，慢慢吃，慢慢走，慢慢的活了一百年。」

　　「太好了，我也要慢慢的活到一百歲。」曼曼臉上露出笑容。

「哼！誰說慢就可以活到老？我也慢，卻活不過三年。」樹上傳來微細的聲音，原來是青山蝸牛爬過來。

「唉！誰叫你生來是蝸牛，不是烏龜嘛！」老烏龜嘆口氣潛到水下面去了。

「可是你是一隻碧綠透明漂亮的小蝸牛！你慢慢爬著的樣子，像公主一般，好高貴美麗啊！」曼曼發出讚美的聲音。

「慢慢爬，慢慢爬，一天爬不完這棵樹，一輩子爬不開這林子，恨不得長雙腳奔跑，生對翅膀高飛。」小蝸牛怨氣沖天，轉頭繼續爬樹。

曼曼心想：「我有腳，我才不要奔跑，我喜歡慢慢走。」她輕輕踏著草地，緩緩向前走去。一會兒停下來看看蝴蝶飛舞，一會兒彎著腰摘一把野花野草。走累了，索性躺臥在綠茵草地，凝望片片白雲浮遊飄動，不知不覺睡著了。

「哞——」的一聲，突然在耳邊響起，睜開眼看，一隻大黃牛站在面前嚼草，嚇得曼曼連忙爬了起來：

「大黃牛！你差一點就要踩到我了。」

「才不會呢！我的眼睛大，老遠就看到你，我是慢慢走過來叫醒你的。」

「大黃牛！為什麼嘴巴不停地嚼東西，是不是跟我一樣吃飯慢吞吞？」

「是呀！我要照顧四個胃，從早到晚都要吃草嚼草。曼曼！你也有四個胃嗎？」

「別說笑！我是人不是牛，只有一個胃。」

「真羨慕你只有一個胃，快快吃飽快快去玩。」

「可是我就快不起來，大家都討厭我慢，等我等得不耐煩。」

「我拉犁耕田的時候也很慢，主人急得用鞭子抽打我，一點都不知道我拉得多辛苦呀！曼曼！你再慢也沒有人用鞭子抽打，比我幸福多了。」

「哦！幸好我不是牛。大黃牛！主人打你，為什麼不快逃？」

「他用繩環套住我的鼻孔，緊緊拉著我，我怎麼跑得了？」

「好可憐呀！有四條腿也不能跑。」

「曼曼！你有兩條腿，沒有繩子拴住，為什麼不跑呢？想跑就跑多自由。」

「真的？我要跑到池塘邊，再跑回來。大黃牛，你等我。」

「好！我會看著你跑回來。」

曼曼邁開腳步奔跑，兩隻小腳一上一下，像飛輪般翻滾。她展開雙臂迎風飛奔，秀麗的長髮隨風飄揚，晶瑩剔透的汗珠閃閃發光。跑呀！跑呀！穿過青草地，繞過池塘邊，蝸牛瞪呆著眼，烏龜張大了嘴，不敢相信奔跑過去的竟然是曼曼。曼曼向他們揮揮手，片刻沒停留，一會兒就跑回到大黃牛身邊，氣喘喘的說：

「跑得好痛快呀！大黃牛！我跑得快不快？」

「跑得快，快得我都看不清。跑得美，美得像隻蝴蝶飛。」

「我喜歡跑，我喜歡飛。」

「可惜我不能陪你跑，跟你飛。」

「我可以陪你跑。」小白兔突然從草叢中鑽出來插嘴。

「我可以跟你飛。」白鷺鷥站在牛背上也忍不住接腔。

「真好！我有你們這些跑得快飛得快的朋友，我會越來越快，再也沒有人嫌我慢了，我要改個名字叫飛飛。」

「飛飛！好名字，我喜歡。」小白兔拍手贊成。

「飛飛！飛得太快停不下來怎麼辦？」大黃牛搖搖頭不同意。

「我認為還是叫曼曼好。」突然樹上垂下一隻蜘蛛表示意見。

「為什麼？」曼曼好奇的問。

「不是做每件事都要快。像我結網就要慢慢的吐絲，細心的搭橋，才能結成一張又大又堅固的網，半點也快不得的。所以我的名字也該叫曼曼。」

「嗯！慢工出細活，我還是叫曼曼吧！」

「我如果叫曼曼，一定會慢得讓大野狼吃掉，還是名叫飛飛才安全。」小白兔說。

「哦！名叫飛飛才安全？我改名叫飛飛，好不好？」曼曼徵求大家的意見。

「我覺得該慢就要慢，該快就要快。像我找食物的時候慢慢走，出外的時候快快飛，所以曼曼、飛飛，都是好名字。」白鷺鷥終於說話了。

「怎麼辦？我應該選哪個名字才好呢？」曼曼猶豫不決。

「哈哈哈！真好笑！快慢和名字毫無關係。只要心裡作決定，要快就快，想慢就慢。你還是原來的名字，曼曼！多好！」大黃牛說。

「我明白了，我想慢的時候我是曼曼，我想快的時候我是飛飛。現在我是飛飛，我要回家了，大家明天見。」

曼曼笑嘻嘻地跑回家，進門就大聲說：
「我回來了！媽！以後要我快就叫我飛飛，要我慢就叫我曼曼。」

「你這孩子在胡說些什麼呀！」媽媽莫名其妙。

「她在玩遊戲，我們就陪她玩一玩吧！飛飛！去換衣服，我們要出門了。」爸爸笑著說。

「曼曼！別把襪子穿反了。」媽媽也跟她玩起來。

「知道了！」曼曼的小臉綻放出朝陽般的笑顏。

—— 原載2001年5月5日《人間福報》

喜鵲和烏鴉

　　歲月老人越過寒冷的冬季，帶來了春的訊息，森林裡的動物快樂迎接新年。一大早，喜鵲梳洗光潔的羽毛，清通嘹亮的嗓音，正要出門去拜年，烏鴉興沖沖地來到：

　　「喜鵲大哥！請你帶我一起去拜年好不好？」

　　「為什麼？」

　　「因為人家都不歡迎我嘛！不是關門就是趕我走。」

　　「怎麼會呢？好！我們一起去拜年。」

　　首先來到花兔家，喜鵲開口說：

　　「恭喜新年好！今年會生好寶寶。」

　　「恭喜新年好！今年的寶寶別死掉！」烏鴉接著說。

　　「呸呸呸！真倒霉！」花兔用力關上門。

「小烏鴉！新年要說吉祥話。」

　　其次來到貓頭鷹的家，烏鴉搶先說：

　　「恭喜新年好，左眼不好右眼好！」貓頭鷹瞪眼又跺腳，正想展翅撲過來。喜鵲連忙說：

　　「恭喜新年好，眼睛越來越明耀。」喜鵲拉著烏鴉飛奔而逃。

　　「喜鵲大哥！他的左眼明明有病，我又說錯話了嗎？」

　　「小烏鴉！新年要說祝福話。」

　　他們走過冬眠小熊的家，喜鵲對著洞口大聲喊：

「恭喜新年好，春天已來到。」

「恭喜新年好，睡你的大頭覺。」烏鴉話沒說完，一個拳頭捶過來，原來是醒來的小熊伸懶腰，氣鼓鼓的說：

「誰要我在春天睡大覺？」

「喜鵲大哥！他明明愛睡覺，我又說錯了嗎？」

「小烏鴉！新年要說有意義的話。」

他們繼續向前走，走到小馬的家。烏鴉想到一句有意義的話，迫不及待的說：

「恭喜新年好！馬兒長得比樹高！」

「我又不是長頸鹿，幹嘛長得比樹高？」小馬半點不領情。

「恭喜新年好，跑得快來跳得高。」喜鵲連忙說。

「還是喜鵲說得好，祝你們飛得快來飛得高。」小馬這才高興。

「小烏鴉！新年要說恰當的話。」

「唉！怎麼說，都不對，還是閉嘴好。」烏鴉很洩氣。

「小烏鴉！別灰心，說錯話，可改正，說了總比不說好。」喜鵲安慰他。

最後他們要向看守森林的老爺爺拜年，喜鵲說：

「恭喜新年好！身體健康精神好！」

「恭喜新年好！身體健康精神好！」烏鴉依樣畫葫蘆跟著說。

「哈哈哈！真奇妙！烏鴉居然變乖巧。」老爺爺摸摸鬍子，點頭微微笑。

——原載2002年1月27日《人間福報》

會說話的九官鳥

　　黑色的羽毛閃爍著紫色的光澤，黃色的肉冠由耳到頭後，眼睛靈活有神，配上黃色修長的嘴和腳。牠，是隻漂亮會說話的九官鳥。

　　「哈囉！」這是我第一次爬象山的途中聽到牠說話，聲音清脆，還以為人在說話。待發現是一隻鳥，驚喜得立刻回一聲「哈囉」。沒想到牠又說了一句「哈囉」，我趕忙再回一聲。

　　「你好嗎？」突然，牠又冒出這句話，好像在獎勵我熱心的回應，我立即回答：「你好嗎？」於是牠來我往的說了好幾回合。終於牠不耐煩了，「嘎──」尖叫一聲，結束了我與牠的談話。

　　一星期後，再看到牠，「哈囉！你好嗎？」我主動和牠打招呼，牠也一一回應。我用手指捏了一

粒鳥食，送到籠邊餵牠。牠毫不畏懼的靠近，用尖尖的長喙，輕輕的啄去吃了，於是我又餵了兩三粒。其實牠的飼料盒裡滿滿一大盒同樣的食物，牠可以盡量吃，卻願意從我手中一粒粒的啄食，難道是想要一份溫情的關懷？這時走來一對夫婦，得意地向我介紹：

「這一隻會說話的鳥很有意思。牠會說好多話，每次我都跟牠說話。」

那個太太用尖細的嗓子，對著小鳥熱切的說：「哈囉！哈囉！你好嗎？你好嗎？說呀！說呀！」牠竟然不理不睬，一聲不吭的望著，甚至自顧自的喝水，抖羽毛，好像沒有聽見一樣，還嘎嘎叫了兩聲。

「奇怪！今天這隻鳥怎麼不說話呢？」兩人有些尷尬，自討無趣的走開了。

「你好嗎？」他們剛走，小鳥突然對我說了一聲，使我受寵若驚。想不到牠是一隻有個性的鳥，會擇人而言。從此，我總帶著幾分尊敬的眼神看這

哈囉！你好嗎？

隻高深莫測的鳥。

　　為了尊重鳥權，下一次見面，我決心等牠先開口。「你好嗎？你好嗎？你好嗎？」這次牠竟然熱情的連說三次，跟著我的身影，在桿子上來回走動，原來牠看中我手中的番石榴。

　　「你好嗎？我知道，你也愛吃番石榴，別急！我會分給你吃的。」哈！我竟然把牠當人般說了一串話，牠聽得懂嗎？牠似乎不想懂，只忙著享受美味，沒空說話，原來鳥也懂得騙人的技倆。

　　自此之後，期盼看到牠，遠遠超過去爬象山。牠好像認識我，也等著我。我發現牠還會逗我，

若只是和牠招呼，牠就假裝不理睬；若是故意不理牠，牠反而諂媚我討好我。

「你好嗎？」這次牠用溫柔的聲調向我示好。

「你好嗎？哈囉！除了這兩句，你還會說什麼？你是一隻笨鳥嗎？」我調侃牠。

「How are you」，牠居然不甘示弱的冒出這句英語。

「哈！了不起！還會說外國話，失敬！失敬！」我對牠刮目相看，連忙回應。看牠那副得意勁兒，哪像隻小鳥，倒像一個深藏不露的學問家，下次會說出什麼驚人之語，無人知道。

一個月後再去看牠，牠的籠子被移放在人來人往的通道旁，讓牠看到更多人。無可置疑，牠已「大名鼎鼎」相交滿天下，路過的登山客都認識牠，用牠學會的話，逗牠說話。「你好嗎？」仍然是牠的開場白，只是聲調有時低沉，有時高亢，有時急躁，有時溫柔。牠竟然已學會了用語調表達情

緒，應對不同的人。

　　那天，我照例用熟悉的話與牠交談。當我說「你好嗎？」牠突然說：「我很好！」不得了！什麼時候又多了一句，還用得恰到好處，真令我驚喜，敬佩。「走了走了！」想不到牠又冒出一句告別的話。

　　一個月不見，進步如此神速，牠可算是隻聰明的鳥。我試著想教牠一句感恩的話「謝謝」，文雅有禮又容易發音，滿適合牠的身分。於是，我不厭其煩的，一連說了數十遍。起先牠莫名其妙的看著我，後來別過頭去東張西望，最後終於憤怒的「嘎！」尖叫，表示抗議。

　　「別叫！別叫！算我多事，不學拉倒，愛說什麼隨你！」我有點惱羞成怒。被一隻鳥拒絕，真不是滋味；但是回頭想想：被一個人勉強說話，怎能不生氣？

　　不知什麼時候，身旁圍了一群人，觀看人與鳥

的鬧劇，不明究竟的人還想教牠：「小鳥！我來教你，快說：酷！酷！」小孩子教牠，牠瞪他一眼。

「來！跟我說『中華民國萬歲！』」老生生認真的對牠說了幾遍，牠看都不看一眼。

「這句話太長，我來教一句好說的，『阿彌陀佛！阿彌陀佛！』」老太太笑嘻嘻的教牠，小鳥轉過頭去吃東西。

「什麼話都不學，笨！乾脆教你說『傻瓜！傻瓜！』……」少年惡作劇取笑牠。

「嘎！嘎！」牠尖叫起來，跳上跳下，非常憤怒。

好為鳥師的人相繼失敗，面上無光，黯然而去。

「小鳥！你勝利了！誰也不能教你，你是自己的主人，愛說就說，不說也沒人勉強你。再見！」我安慰牠，像老朋友般相知。

「拜拜！拜拜！」牠回了一句新話，似同意，似感謝我的知音。

九官鳥與我，已超越人鳥之情。

──原載1996年1月16日《國語日報》

森林選舉新國王

　　春暖花開的三月，森林換上了翠綠的新裝，動物喜氣洋洋築新家。一隻猴子興奮地在樹椏間跳躍，牠匆忙來到小山羊的家。

　　「小山羊，告訴你一個大消息！」

　　「什麼大消息？快說，我正忙著呢！」

　　「森林王國要選國王了，你要選誰？」

　　「什麼？又要選國王？這次誰又想要當國王？我不知道要選誰？」

　　「獅子、老虎、花豹和大象，你最好想清楚再選哪！我要去通知其他朋友了！」

　　猴子跑到了白兔家。

　　「小白兔在家嗎？」

　　「喔！小猴子，你來得正好！快進來看我生了六隻兔寶寶。」兔子得意的叫喚。

「好可愛的兔寶寶！恭喜恭喜！你知道嗎？森林要選國王了！你要選誰？」

「啊！忙著生寶寶，差點忘記選舉的事，謝謝你提醒，我帶著寶寶去投票。」

「哈！小寶寶還不夠資格投票，帶去學習也好。我走了！要多想想再選呵！」

「知道了，謝謝你。小猴子！再見！」

猴子說完，轉身一跳，用長長的手臂攀住樹幹，左手右手交替向前攀爬，不一會兒，到了山豬的洞口，只聽到一陣陣鼾聲。

「山豬！快醒來！」

「別吵！我還沒睡飽！」

「森林要選國王了，不要睡過了頭，忘記去投票喲！」

「選國王有什麼重要？我寧願睡覺。」

「不行！不選就不配作森林王國的夥伴，我會吵醒你起床去投票！」猴子生氣了。

「好啦！別生氣！我會去的。」山豬向牠道歉。

猴子氣呼呼的離開，覺得口乾舌燥，走到小溪，大口的喝水，遇到一群朋友。

「小猴子，喝得這麼急，你好像又渴又累的樣子。」花鹿走過來關心的問。

「我忙著傳播選舉國王的消息，你們都知道了嗎？」

「我知道，可是不曉得要選誰？」小花鹿困惑的說。

「不要煩惱，選獅子就好了，牠現在就是國王。」斑馬建議說。

「牠當了一年的國王，我不知道牠做了什麼事。只聽到牠每天亂吼亂發脾氣，還要再選牠作國王嗎？」長頸鹿在一旁認真的說。

「是嗎？那選老虎好了！老虎很凶猛，當國王很神氣的。」斑馬再出新點子。

「老虎？哇！牠比獅子還可怕，我可不想選牠。」花鹿猛搖頭。

「嗯！獅子、老虎都不選，花豹怎麼樣？跑得快，長得又漂亮，有國王的架勢！」斑馬又改變主意。

「長得漂亮有什麼用？鬼鬼祟祟的偷襲小動物。如果牠當國王，我們會更倒楣！」長頸鹿說。

「那究竟選誰才好呢？」花鹿很傷腦筋。

「你們怎麼忘了？還有大象呀！」長頸鹿提醒大家。

「對！大象心地善良，眼睛好溫柔，長長的牙齒從來不咬人。鼻子粗，身體壯，走在前頭可開路，跟牠走準不錯。」花鹿終於下定決心，夥伴們也相互點頭。

正當大家熱烈討論選舉新國王的事，都不知道草叢裡躲著一隻偷聽的狐狸。突然，狐狸跑出來對大家說：

「朋友！我勸你們選老虎。這條小溪是老虎的，如果沒選牠，就不准喝水。」

　　「沒水喝，怎麼辦？叫我們渴死？」花鹿害怕的說。

　　「別聽牠胡說，小溪是森林王國的，誰都有權來喝水。」猴子安慰大家。

狐狸自討沒趣的剛走開，又來了豺狼。

「我勸你們選花豹，要不然東邊的草原，不准你們去吃草。」牠也威脅大家。

「哎呀！沒有草吃，會餓死的呀！」斑馬著急起來。

「哼！草原也是森林王國的，花豹憑什麼不准大家去吃草。別上牠的當！」猴子指著豺狼說。

豺狼難為情的走遠後，動物心中七上八下，不知道選誰才好。猴子對牠們說：「朋友們！我們都有選舉的自由，不要只用耳朵聽，還要多用眼睛看，再用心想，誰夠資格作森林的新國王，就投牠一票。」

大家聽了都點點頭，安心的解散回家。

大選那天，風和日麗，所有動物紛紛前來投票。

選舉揭曉，大象當選了，成為森林的新國王。

——原載1996年4月21日《國語日報》

蟬 聲

　　炎炎夏日的清晨，蟬兒們在樹叢鳴唱。高亢的聲調，快速的節奏，此起彼落，前呼後應，似乎急於表達什麼。鳴聲短促，單調重複著兩三個音符，又像是頻頻傾訴某種心聲。路過樹下的人們停下腳步，用心聆聽。

　　最先到來的是祖孫二人，孩子拉著爺爺問：

　　「蟬兒在哪裡？怎麼叫得這麼大聲？好吵啊！」

　　「噓！別說話，聽聽看，蟬兒在說什麼？」

　　「我知道蟬兒說什麼，他們在上課。老師問知道不知道，他們搶著說：知了！知了！」

　　「才不是呢！蟬兒在找露水吃。媽媽問吃了沒有？他們都回答：吃了！吃了。」站在一旁的大男孩接腔插嘴。

一對年輕人攜手走過來聽蟬，也加入話題：

「我知道蟬兒們在談情說愛，所以唱著：痴了！痴了！」

「對呀！我贊成你的想法。可是從初夏等到炎夏，眼看秋天就將來臨，卻不見真愛的蹤影。原來蟬兒們是悲傷的哭泣，唱著：遲了！遲了！」

「爺爺！到底蟬兒在說什麼？」孩子要追問正確的答案。

爺爺摸摸孩子的頭，微笑地說：「蟬兒告訴我，你們聽到的話都對，他們說：是了！是了！」

一年又一年的夏天，蟬兒們依然如故地鳴唱，不停息地傾吐著人們的心聲。

附錄：

創作〈蟬聲〉的主題意象

　　自然的蟬鳴能激盪多少想像？即便是單調的聲音也可以賦予豐富的意念，人類擁有想像創造的能力何其珍貴。

　　「蟬聲」寓言試以不同的層面聽蟬聲、尋蟬意，提升人我與大自然的圓融境界。

　　「知了！知了！」是天真無邪的孩童對事物表象的認同，也是認知的第一步。姑且不論是真知假知，全知半知，知了總比不知好。「知了」可以滿足知識層面的需求。

　　「吃了！吃了！」來自一個身強體壯、食慾旺盛少年的想法。吃是本能，吃了才能延續生命。無論好吃難吃，吃多吃少，吃了總比沒吃好。「吃了」可以滿足生理層面的需求。

　　「痴了！痴了！」是對愛或理想的憧憬。痴迷

的追求真理，是心的牽絆，情的歸屬，是唯心的、抽象的，雖遙不可及仍執著的等待，未嘗不是快樂。「痴了」可以滿足心靈層面的需求。

「遲了！遲了！」是對愛或盼望的感傷。用短暫的生命等待希望，即使來臨也不過是曇花一現，更何況遲遲不來，豈不令人嘆息悲哀。遲了可以滿足情緒層面的抒發。

「是了！是了！」是對萬物的包容，可以接納不同的聲音，認同異樣的想法。人們可以自由思考想像，並會隨年齡心境產生不同的意念。一個智慧圓融的長者，才聽得到「是了！是了」。是了，是生命中真善美至高的層面。

——原載2000年7月29日《人間福報》

第二瓣幸運草
勇　氣

小鯨巴布洛

　　拂曉微曦時分，寧靜的大海沉睡夢鄉，海天連線黯然無光。瞬間，太陽躍升而起，綻放出萬丈光芒。蔚藍的海面，粼光閃閃，銀波盪漾。突然，遠處冒出噴泉，水柱點點，一群鯨隊破浪而出，興奮地跳躍浮沉，迎接朝陽，迎接新生命的到來，鯨寶寶將要誕生。

　　「生了！生下來了！」群鯨歡呼。

　　「好一個健壯的鯨寶寶！要給牠取個響亮的名字。」鯨爺爺笑瞇了眼。

　　「早就想好了，寶寶！你的名字叫做巴布洛。」鯨媽媽溫柔地說。

　　「為什麼叫牠巴布洛？」有疑惑的聲音。

　　「巴布洛是我們的英雄，我要寶寶效仿牠。」鯨媽媽信心滿滿地回答。

　　「巴布洛！巴布洛！歡迎可愛的小巴布洛！」

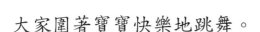

大家圍著寶寶快樂地跳舞。

「巴布洛！巴布洛！新的英雄誕生了！」海浪前翻後湧，層層疊起，佳音傳遍大海洋。

小巴布洛在呵護寵愛下成長，在教養期待中茁壯。現在牠已成年，身強體壯、活力充沛。大家都投以驚喜的眼神，發出讚歎之聲。

「你們看，巴布洛雄壯的身子閃閃發光，好帥呀！」

「巴布洛噴的水柱多麼高，尾巴拍水多響亮啊！」

「巴布洛游得快，潛得深，誰都比不上。」

「巴布洛眼睛敏銳，跟著牠出游，不愁沒有美食大餐。」

「巴布洛聰明勇敢，和牠在一起最安心，不怕敵人來欺負。」

「啊！越來越像老巴布洛了，但願牠也是英雄。」

「誰是老巴布洛？老巴布洛在哪裡？我要去找牠。」小巴布洛暗下決心。

小巴布洛四下打探老巴布洛的下落，急切地想找到傳聞中的英雄，朋友們也熱心地幫忙。

「巴布洛！牠在東海曬太陽。」海豚來報信，小巴布洛趕去，結果撲了一個空。

「我知道牠住南海。」海龜告訴牠，依然沒找到。

「巴布洛！我在西海看到牠，快去找牠。」海鷗傳來消息，可惜杳無蹤影。

「聽說牠到北海旅行，快追去！」海星趕來報訊，但是又遲了一步。

「老巴布洛！老巴布洛！你究竟在哪裡？我要到何處去找你？」小巴布洛絕望地對天吶喊。突然身邊傳出低沉的聲音：

「是誰在喊我？」一頭威風凜凜碩大無比的巨鯨浮出海面。

「你？你就是老巴布洛？我游遍了四海沒找到你，想不到你就在這裡，我太高興了。」小巴布洛興奮地說。

「你是誰？為什麼找我？」

「我叫巴布洛，媽媽希望我像你一樣做個英雄，可是我從來沒見過你。」

「哈哈！不是名字叫巴布洛就可以做英雄的呀！」

「所以……所以一定要找到你，向你學習。」

「孩子！其實我並不是英雄，只是一個勇敢的老戰士。你看我身上的瘡疤，就是我身經百戰的勳章。想做英雄也不難，只要領導族群度過重重難關，甚至不惜付出寶貴的生命保護族群。小巴布洛！你有勇氣嗎？」

「我有！什麼困難我都不怕，我要做一個英雄。」

「好！有志氣！跟我來吧！」

牠們一前一後游向遠洋，老巴布洛敘述著牠光榮的歷史，小鯨聽得津津有味。

　　「這條路最安全，每次我帶領鯨隊都選這條路，千萬別走到右邊，會遇到亂流漩渦。」

　　「那邊是鯊魚的地盤，小心通過別靠近，牠們是一群殘暴陰狠的凶手。」

　　「萬一遇到了怎麼辦？」

　　「逃啊！拚命地逃，逃得越遠越安全。」

　　「好可怕的鯊魚，牠是我們的敵人。」

　　「真正可怕的敵人不是鯊魚，是貪婪的人類。」

　　「人類？人類跟我們鯨族有什麼仇恨？」

　　「本來沒有仇恨，只因為有些貪婪的人類要吸我們的油，吃我們的肉，取腦、剝皮、卸骨，樣樣都不放過，被人類捕捉到就會屍骨不存，死定了。」

　　「人類身子矮小住在陸地，我們在海裡比他們大幾十倍，怎麼抓得到？」

「傻孩子！聰明的人類建造了捕鯨船，成群結隊航行海上追捕我們，用標槍、魚叉、繩索射殺我們。年年不斷地捕殺，不知死了多少朋友。唉！」

「好可怕啊！將來我們鯨族會被人類殺光光！」

「別擔心！幸好也有一些善心的人類努力地保護我們。不過，還是要提高警覺，注意捕鯨船的動向。」

「假使看到了捕鯨船怎麼辦？呀！不好了！前面來了幾條船，是不是捕鯨船？怎麼辦？我們快點逃吧！」

「怎麼這麼巧？別慌張！敵人離得遠，還沒有發現我們，隨我來！深深吸一口氣，潛到海底，朝相反的方向游去。」牠們有驚無險地度過難關。

「謝謝你，老巴布洛！你救了我，下次遇到捕鯨船我會逃了。」

「糟糕，你只學會了逃，逃不掉的時候怎麼辦呢？」

「逃不掉就只好等死囉！」

「錯！錯！大錯特錯，要用智謀技巧抵抗。用我們的大尾巴拍碎小船，銳利的牙齒咬斷繩索，靈活的轉身翻騰甩掉魚叉。總之，想盡辦法脫身逃命，千萬不要白白犧牲了性命。」

小鯨日夜跟隨老巴布洛遨遊四海，聽不完冒險犯難的故事，學不盡浩瀚淵博的知識，心中產生無比的尊敬和依賴。年復一年，小鯨終於修練成器，頗有英雄氣概，年邁體衰的老巴布洛非常欣慰，深幸後繼有人。

「巴布洛！從今天起你就是唯一的巴布洛，我要走了。」

「為什麼？你要到哪裡去？」

「我要到一個遙遠的地方？」

「要去多久？什麼時候回來？」

「永遠回不來了。」

「帶我一起去。」

「不行！現在還不是你去的時候。」

「不要走！我還有許多事不明白，你一去不回，我去問誰？」

「自己去想！想通了自然會明白，總不能一輩子靠別人。」

「不要離開我！我會想念你。」

「想我的時候，我就在你的心裡。再見！巴布洛！」

老巴布洛依依不捨地圍著小鯨繞了幾圈，轉頭緩緩游去。龐大的身影漸遠漸微，終於化作一粒黑塵，消失在小巴布洛模糊的淚眼中。可是心目中的英雄偶像老巴布洛，永遠如同巨人般矗立在牠的腦海。

——原載2000年8月8日《人間福報》

鬥魚的遊戲

　　紅藍兩隻鬥魚，各自遨遊在玻璃球的水晶世界。小小的魚身，拖著一倍大的尾鰭。游行時展開鰭翼，像蝴蝶翅膀光彩奪目。搖頭擺尾時，似小鳥的雙翼展翅飛翔。相鬥時更是爭奇鬥豔，使出渾身解數，不停地相鬥。水面寧靜無聲，隱約聽到陣陣殺伐之音。

　　「喂！你可不可以安靜點！」

　　「我希望與你決一死戰。」

　　「哈哈！你鬥不過我的。以前住在你那裡的朋友，已經被我鬥得精疲力竭死掉了。」

　　「他是他，我是我，我一定鬥贏你。」

　　「他和你是藍族，天生鬥不過我們紅族。」

　　「爭鬥靠聰明和勇氣，跟顏色有什麼關係？來吧！先鬥個幾回合。」

　　「好吧！鬥就鬥，讓你見識我的厲害。」

「衝啊！咬啊！一定要打敗你。」

「衝啊！咬啊！跑啊！你別想追到我。」

「鬥不過就逃，這算哪門子英雄？」

「誰要逃？休息一下養足精神再跟你鬥。」

「我的精力旺盛不需要休息，我要跟你鬥個你死我活。」

「來日方長，我要跟你慢慢鬥，天天鬥，直到你向我投降。」

「我等不及了，現在就來鬥。」

「我要吃飯休息，要鬥你自己鬥自己吧！」

　　紅魚和藍魚暫時離開前線，游向後方養息備戰。一夜無戰事，清晨卻平和地相鄰而眠。直到曙光喚醒，才猛然發現睡在敵人身旁，勃然大怒轉身衝去，開始拂曉攻擊。

「喂！為什麼偷偷睡在我身邊？」

「誰稀罕睡在你身邊，我只是想知道你躲在哪裡。」

「我隨時都在這裡等著你失敗。」

「哼！說什麼大話，誰贏誰輸還不知道呢！」

「少廢話！來吧！給你點顏色瞧瞧。」

「誰怕誰，衝啊！」

「衝啊！紅族勝利！」

「衝啊！藍族勝利！」

兩條魚怒目相視，殺氣騰騰地相撞，轉身分開，快速地兜一圈，又迎面而戰。一次又一次，周而復始，終於體力不支沉入水底，喘個不停。

「不行了吧！乖乖投降吧！」

「你也不行了，說投降的該是你。」

「不服氣就再來鬥個三百回合。」

「來吧！不鬥贏你絕不罷休。」

牠們從白天鬥到黑夜，隔著玻璃而眠，醒來條然而分。日復一日，似乎習慣了朋友與敵人的角色互換，樂此不疲，鬥個不停。直到有一天突發奇想，有所頓悟：

「喂！別鬥了！你永遠鬥不倒我的。」

「為什麼？真奇怪？無論我怎麼用力衝、大口咬，你都毛髮無傷。」

「你也安然無恙。」

「可是一看到你就有氣，無法克制，立刻想衝過去。」

「永遠衝不過來的。其實，我們各自住在兩個玻璃球裡，井水不犯河水，何必要苦苦相逼，鬥個不休？」

「話雖不錯，誰叫我們是天生好鬥的魚？」

「說的也是，不鬥還能叫做鬥魚嗎？」

「對呀！不鬥做什麼事呢？日子多無聊。」

「鬥吧！繼續鬥，為了自己的宿命而鬥，為了取悅觀賞我們相鬥的人類而鬥。」

「鬥吧！既然活著為鬥，就快樂地鬥下去吧！」

牠們不約而同，用齊一而優美的動作，由水底衝上水面吸一口氣，繞游兩圈，猛烈相撞，用詭異的眼神相視而分，然後又衝向對方，玩著永無止息的戰爭遊戲。

——原載2001年7月1日《人間福報》

猴子奇奇和妙妙

猴子奇奇，誕生的時候又瘦又小，幾乎奄奄一息。唯獨兩隻大眼睛咕嚕咕嚕地轉個不停，年輕的媽媽才知道牠是活著的寶寶，歡喜地摟在懷裡，開始餵奶。猴子家族紛紛前來探望。

「恭喜你第一次作媽媽，小寶寶健康嗎？」

「啊！這麼瘦小？唉！很難養大的呀！」

「不要緊，多給牠吃奶，多讓牠睡，自然會長大的。」

「全身上下只有那對眼睛最靈活可愛。」

「嗯！東張西望，轉來轉去，滿聰明嘛！」

「天生這麼好奇，就叫牠奇奇吧！」

「奇奇！我的寶貝，媽媽一定要把你養得又壯又大。」

奇奇每天窩在媽媽懷裡，吃飽了睡，睡足了

吃。雖然稍微長大些，但是比起別的猴寶寶，還是最瘦小的一個，媽媽擔心地四處請教養育的祕方。

「光吃奶當然是不夠的，要給牠吃樹葉、野果子、昆蟲。」

「不能整天抱著牠，要教牠爬樹、盪鞦韆、游泳，自己找食物吃。」

「讓牠跟著我們家妙妙學習就好了。」

於是奇奇每天跟著妙妙，首先學爬樹。

「奇奇！爬樹是我們猴子的看家本領，很容易的。先伸出手抓緊上面的樹枝，再用腳夾住下面的樹枝，用力一蹬就上來了。我爬給你看。」只見妙妙左一抓右一蹬，三下兩下就爬到樹頂，對著下面的奇奇說：

「看清楚了嗎？快爬上來！」

「這麼高，我不敢爬。」奇奇怕兮兮地回答。

「這算什麼高，還有比這更高的樹。別怕！我下來陪你爬。」話剛說完，妙妙一溜煙似的溜滑下

來。

「不行！不行！我還是不敢爬，摔下來怎麼辦？」

「摔下來有樹枝接著，樹枝這麼密，伸手就抓得到，一定摔不到的。」

「妙妙！我還是害怕，不要學爬樹好不好？」

「不學爬樹怎麼算是猴子，我從來沒看過不會爬樹的猴子。不學就不學，我要爬上去摘最嫩的樹葉吃，不理你了。」

「妙妙！等我！我爬，我爬。」

「這才配作猴子。來！跟著我爬，眼睛向上看，目標是樹頂。一二三開始，跳、抓、蹬，看準了最近的樹枝，跳起來伸手抓緊，腳用力一蹬，就上來了。你看多簡單，繼續爬，不要停。加油！」

「妙妙！我會爬了，爬樹太好玩，樹頂上的葉子真好吃。妙妙！你在哪裡？怎麼不回答？」

「奇奇！我在這裡吃果子，快過來！」

「原來你爬到那棵樹上去了，隔得這麼遠，又

沒有樹枝抓，怎麼過去？」

「抓著那根樹藤盪過來呀！我來接你，抓緊藤子用力擺盪，盪不到就重來一次，這也是上樹的本領。」

「好！我來試試看，好快樂呀！我會盪了，好像在飛。」

「對！樹藤是我們的翅膀，讓我們像鳥兒一樣自由的飛。來！我們飛到樹林子去！」

奇奇和妙妙快樂的在樹林飛躍嬉戲，一會兒攀高飛騰，一會兒俯衝而下。牠們一前一後追逐跳躍，忽高忽低穿梭翻騰，不覺來到樹林深處的一條小溪。順著潺潺的溪水向前走，水聲越來越響亮。眼前突然出現一條白練水柱懸掛山崖，水勢滂渤如同千軍萬馬般直瀉而下，水聲浩蕩如雷灌耳。

「妙妙！這是什麼地方？」

「這是瀑布，媽媽帶我來過。奇奇！我們走近些去看，小心石頭滑哦！」

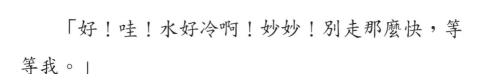

「好！哇！水好冷啊！妙妙！別走那麼快，等等我。」

「奇奇！別怕，牽著我的手走，瀑布下面的水潭才好玩哩！」

「到了！到了！我要下去了囉！」奇奇興奮地說。

「不可以，潭水很深，你還不會游泳，等我來教你。」

「我等不及了。哎呀！真的很深，救命呀！」

「別慌！別慌，我來救你！哎呀！別拉著我，我也要沉下去了，救命呀！」

牠們隨著漩渦浮沉旋轉，眼看就要淹沒水底。突然被兩隻大手撈了起來，提到一塊大石頭上，用力拍著牠們的背，吐出一肚子的水。

「咳、咳、咳！好難過啊！妙妙！我們沒有死。」

「奇奇，都是你不聽話，差一點就淹死了，是

誰救了我們？」

「是我，小東西！」一隻巨大雄壯的猴子回答。

「你是誰？」

「我是這座山的猴王，你們是誰家的孩子？為什麼跑到這裡來？」

「我們住在樹林那一頭，我叫妙妙，牠叫奇奇，謝謝猴王救了我們。」

「嗯！這整片樹林是我的國土，你們都是我的孩子。」

「猴王，你住在哪裡？為什麼不跟我們住在一起？」

「我是猴王，要住在最高的地方保護大家，我就住在瀑布上面的山洞裡。」

「為什麼你是猴王？我們長大了也可以作猴王嗎？」奇奇問。

「當然可以，不過一座山只有一個猴王。要打贏我，還要打敗所有的猴子才能作猴王，打輸了就要被趕出去。」

「原來當猴王靠打架，我要學打架。打敗所有的猴子，就可以作猴王了。」

「哈哈哈！年紀小小的，志氣倒很大。不過，在學打架前要學會游泳，淹死了就不能作猴王。還要把身體鍛鍊得更強壯，才打得過別人。」

「猴王！你願意教我們嗎？」

「沒問題，三個月以後來向我挑戰。」

奇奇和妙妙回到樹林，每天除了大量找食物

吃，就是專心研究打架。牠們觀察大猴子的爭鬥，模仿攻擊、閃躲、偷襲、逃避的動作。牠們起先相互打著玩，打著打著竟認真起來。下手越來越凶狠，打得越來越激烈，直到對方求饒才罷休。通常都是妙妙占上風，奇奇甘心認輸，打完還是好朋友，繼續練習打架。三個月的時間一晃而過，牠們信心滿滿地赴約。

「猴王！我們來了。」

「嗯！我在這裡等著呢！」

「我們學會了打架，誰先向你挑戰？」

「兩個一起上，來吧！」

奇奇和妙妙一左一右撲向猴王，只見猴王不慌不忙伸出兩隻大手向外一揮，一下就把奇奇、妙妙推到半空，連翻幾個筋斗落到水中。

「哈哈哈！這算什麼功夫？差得遠哩！三個月後再來吧！」

「好厲害！還沒有碰到牠就敗了。」奇奇摸摸腦袋說。

「牠大我們小，當然打不過。可是揮動兩手倒是屬害的一招，我們回去練。」

牠們回去，專門向大猴子挑戰。常常被打得鼻青眼腫，傷痕累累。但是毫不氣餒，大吃一頓沉沉地睡一覺，第二天又勇敢地去打鬥，漸漸地也能打贏幾回。不知不覺又過了三個月，牠們再度出發會見猴王。

「猴王！我們來了。」

「嗯！好像長大了些，不知道力氣夠不夠大？來！試一試。」

奇奇、妙妙小心翼翼地一前一後圍著猴王轉，趁著猴王顧前又顧後的空隙出手。牠們拳打腳踢連抓帶咬，幾次攻到猴王龐大厚實的身子，像碰到橡皮一樣被彈了回來。牠們繼續不斷的攻打，終於抓到猴王的皮毛。猴王用力扭身一轉，一下把牠們甩開，趴在地上爬不起來。

「孩子們！會用頭腦攻打，有進步！可惜體力

不夠強壯，半年後再來吧！」

「奇奇！牠說我們有進步，回去繼續研究作戰的技術吧！」

「對！妙妙！回去還要努力加餐，要快快強壯起來，下次一定要打贏猴王。」

「猴王那麼強，下次也不可能打贏牠。」

「下次打不贏，還有下下次，總有一天打贏牠。」

「說得好！不打贏牠絕不罷休。」

奇奇和妙妙苦練了半年，大有進步。可以打贏身邊的大小猴子，於是信心滿滿再去赴約。已是黃葉飛舞的秋天，牠們踏著落葉來到瀑布，東張西望，不見猴王的身影。

「猴王怎麼不在？到哪裡去了？」

「牠是不是忘記了我們的約會？」

「不可能，也許牠怕打輸，躲起來了。」

「打輸？別臭美了，你以為我們有本領打敗猴

王嗎？」

「嘻嘻！我亂猜的。也許牠在洞裡睡覺，我們大聲喊喊看，猴王！猴王！」

「誰喊我？」

抬頭一望，果然猴王慢慢走出洞來。

「猴王！是我們來了。」

「哦！原來是奇奇和妙妙！對不起，今天不能跟你們玩，我生病了。」

「猴王！請你好好養病，我們以後再來。」

「既然來了就別忙著回去，你們兩個可以打給我看。」

「我們兩個自己打？」

「對！要真打，但是不可以傷到對方。比賽地點在水中，逃到岸上或瀑布裡的算輸。」

奇奇和妙妙興奮地跳入水潭，半浮半沉的打起來。牠們在水中追逐翻滾，濺起浪花點點，從水面打到水底，激起漩渦片片。越逼越緊互不相讓，越

戰越勇難分高下。牠們陶醉在比武之中，打得不可開交。猴王快樂的觀戰，看得眉開眼笑。

「奇奇！我要你躲到瀑布去。」

「妙妙！我要你逃到岸上去。」

「停！停！都上岸來。」

「為什麼要停？還沒有打出輸贏呢！」

「你們的本領高強不分上下，我已經看到了。不愧是我猴王的孩子，不必再打下去，也別再來了。」

「不來了？猴王！我們還沒有完全學會你的本領哩。」

「本領，是靠你們自己練出來的，我並沒有教你們。本領，一生也學不完，回去繼續練習吧！」

「我們兩個到底誰比較強？將來誰會當上猴王？」

「現在一樣強，將來會怎樣我不知道。想當猴王除了本領第一外，還要在猴群的心中得第一。」

等待了半年的約會竟然如此，好像沒有結果，又好像懂得一些道理，回家的路上，牠們不停的思索。

「奇奇！猴王說要靠自己練本領我明白，但是要在猴群心中得到第一，該怎麼做呢？」

「我也不太明白，是不是要多做些好事情，讓大家心裡認為第一好？」

「要讓大家都覺得好，太難了。」

「妙妙！你做得到的。平常你不是幫忙老的，就是愛護小的，大家都誇讚你，將來你一定可以當猴王。」

「奇奇！上次你趕走來搶地盤的敵人，救了小猴，大家也稱讚你勇敢。將來你一定可以當猴王。」

「妙妙！你比我強壯聰明，猴王該由你當。」

「奇奇！你比我勇敢仁慈，猴王才該由你來當。」

「哈哈哈！真好笑，當猴王怎麼是讓來讓去

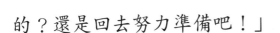

的？還是回去努力準備吧！」

「不管能不能當得上猴王，我們都要努力做個優秀的猴子。」

「對！當不上猴王也沒關係，只要學會猴王的本領保護同伴，每天快快樂樂的生活就好。」

奇奇、妙妙終於找到努力的方向。牠們手牽手三步一跳，五步一躍。快樂地翻一個筋斗，高興得來個連地滾，滿懷信心和希望邁向歸途。只見晚霞滿天，一輪紅日緩緩西沉。不久月兒將會升起，星星相伴依然閃爍。無論明日是晴是雨，奇奇、妙妙的心中永遠都是豔陽天。

——原載2000年9月16日《人間福報》

飛上雲霄萬重天

小雲雀在巢中嚶嚶哭泣，驚醒了沉睡的大樹。

「孩子！你為什麼哭泣？是肚子餓了嗎？」

「不是不是，嗚……哇……。」越哭越大聲。

「哦！不是肚子餓，那是為什麼？你的媽媽和兄弟呢？」

「牠們…牠們…牠們都出去學飛了，只有我…只有我在這裡，嗚哇……。」

「為什麼不跟著牠們一起飛呢？」

「我的腳沒有力氣，站不起來，我不會飛。啊……我不會飛。」

「原來如此，腳站不起來，可是你還有翅膀呀！」

「對！我有一雙羽毛整齊力氣大的翅膀，可是站不起來有什麼用？」

「傻孩子！只要有聰明的頭腦和強壯的翅膀，

你就會飛。」

「可是我站不起來，走不到巢邊，怎麼學飛？」

「練習呀，加倍地練習呀，直到站起來為止。」

小雲雀開始練習，咬緊牙忍著痛，張開雙翅撐著，試著用力站起，還沒站穩就摔倒下來。一次又一次，站起來摔下去，小雲雀不禁放聲大哭：

「沒有用呀！我是一隻天生不會飛的鳥！老天爺真不公平呀！啊……。」

「哭，你只知道哭，哭有什麼用？哪怕淚水流成了河，還是學不會飛的。快快擦乾眼淚繼續練習吧！再哭我就不理你了。」大樹故作生氣的樣子。

小雲雀含著眼淚重新練習，強忍創痛、前仆後繼，兩行淚水靜靜地從臉頰淌下，穿過濃密的樹叢，滴到正在搬運松果的小松鼠們頭上。

「咦！下雨了嗎？」
小松鼠抬頭往上望。

「唉！那有下雨，是小雲雀
練習站立痛苦的淚水。」大樹嘆息
地說。

「小雲雀加油！我們都是你的朋友，讓我
們幫助你。」小松鼠連蹦帶跳，來到巢旁探
望。

「謝謝你！朋友們！我總得先靠自己的力
量站起來。」

「小雲雀！你一定會站起來，你一定會飛
的。」松鼠們齊聲鼓勵。

「嗯！我一定要站起來給你們看。」小雲
雀恢復信心。牠用力向上掙扎，竟然搖搖晃晃
地站了起來，興奮地大叫：

「我站起來了！」

「小雲雀站起來了，太好了！」松鼠們拍手歡呼。

「我會站了，我要學飛。」

「小雲雀！站穩了才能飛，站得越穩飛得越高。」大樹微笑地說。

小雲雀勤奮地練習站立蹲下，越站越久，越蹲越快，學習起飛的時刻終於來臨。當牠站立巢邊，面對遼闊的青空，突然驚惶恐懼。

「我不敢飛，我會跌下去的。」

「小雲雀！不要怕！勇敢的飛吧！我會守護著你。」大樹鼓勵牠。

「小雲雀！不要怕！快點起飛吧！跌下來我們會接住你的。」松鼠們也來支援。

「我好怕，我不要學飛了。」小雲雀想要放棄。

「學飛是你努力的目標，放棄希望，哪會有明

天？你願意作一隻不會飛的雲雀嗎？」大樹不斷地打氣。

「飛呀！飛呀！我們和你一起飛。」不知什麼時候，大樹上停滿了成群的鳥兒。

小雲雀鼓起勇氣衝向天空，奮力地拍舞雙翅，迎風而上，不知不覺輕快地飛翔起來，群鳥追隨在後，松鼠們歡欣鼓舞，大樹頻頻讚嘆：

「了不起！這是我平生看到最勇敢的雲雀。」

「謝謝大樹！謝謝小松鼠！謝謝所有的朋友！我會再飛回來看你們。」

小雲雀說完轉身飛去，越飛越遠，飛向雲霄萬重天。

—— 原載2001年2月4日《自由時報》

後記：

人生的因緣際會實在難以預測。從未想到我會在一九七二年到台北振興復健醫學中心教育組工作，遇到

了一群因罹患小兒麻痺症而肢體殘障的孩童，他們住院治療復健的短暫時期，繼續實施國民小學教育。我是教育組主任兼小六導師，從他們茫然無助的小臉，惶恐不安的眼神，常常自問：「我能為孩子們做些什麼？」我想，要給他們的，不僅是課本的知識，更是精神的撫慰與美感的觸發。於是我教他們唸唐詩、吹笛子、看花賞月、排演聖劇。講桌上插一枝鮮花；早自習前說一個勵志的故事；下課時間探望手術後的病童。在他們的日記上書寫回應的文字，進行心靈溝通；在振興的「圓中心」共進午餐；在平安夜舉辦聖誕晚會，與蔣夫人宋美齡女士同樂。點點滴滴都是我與孩子們畢生難忘的回憶。一年後離職他就，原以為工作告一段落，不再與他們接觸。誰知上天安排一條漫長的連線，幫助聰穎勇敢的惠綿四十年。陪她走過艱難困苦的成長路，失敗時同悲，成功時共樂。沒想到守護一個有志氣、有抱負的孩子，從匍匐爬行到站立行走，以優異成績榮獲博士，走進台灣大學的講堂，成為教學傑出教師，是如此快樂，如此光榮。

二〇〇五年，惠綿出版《用手走路的人》，特別創作〈飛上雲霄萬重天〉作序，以言簡意賅的寓言，表達深切的期望與祝福。

誌於2012年12月20日

第三瓣幸運草
愛　心

海鷗爺爺

　　在遙遠的北方，遼闊的西伯利亞平原深處，有一座大湖，住著一群紅嘴鷗。當溫暖的春天來臨，海鷗們快樂的追逐嬉戲，熱情的唱出求偶之歌，陶醉的跳著合歡之舞。不久，湖畔上築起密密麻麻的鳥巢，海鷗媽媽們忙著孵蛋，海鷗爸爸們忙著尋找食物，牠們飛翔在湖面，捕食又肥又大的魚兒，一條又一條，直到飽脹得再也吞不下為止，才滿足地飛回窩邊。

　　「太太！換我孵蛋了，快去吃東西。」

　　「我還不餓，讓我再孵一下，說不定寶寶就要出來了。」

　　「哪會這麼快出來？你已經孵了三天三夜，怎麼不餓？快飛出去，活動活動翅膀，盡量吃個飽，寶寶出生後就更忙了。」

　　「好！我快去快回，小心我們的寶貝蛋。」

「放心！我會保護我們心愛的蛋，一步也不會離開，直到你回來。」

　　海鷗媽媽一邊飛一邊回頭，依依不捨的走到湖邊，伸開僵硬的雙翅，上下拍動好幾次才騰空飛起，翱翔飛舞在湖的上空。飛行了幾圈，開始飛到湖面尋找食物。牠大口大口的吞食魚兒，匆匆忙忙的啄食貝蛤，填飽了肚子立刻飛回去換班孵蛋。半個月後，一隻小海鷗終於在盼望中誕生。赤裸裸、紅咚咚的身體，眼睛還沒睜開，嘴巴卻張得大大的啞啞討食，忙壞了爸爸媽媽，來回不停輪流餵食，似乎永遠填不飽小海鷗的肚子。

　　湖畔所有的海鷗寶寶接二連三誕生，從清晨就伸長脖子，嘰嘰喳喳地等候食物。只見海鷗們匆忙地在空中來回穿梭，得不到片刻休息，疲累得日漸消瘦；而海鷗寶寶的身子卻一天天茁壯。褐色的羽毛漸漸脫換為白色，已到羽翼豐滿、緩緩學飛的時

候。

　　一個風和日麗的日子，海鷗寶寶們不約而同開始學習飛行，爸爸在前領航，媽媽一旁護航。小海鷗勤勉的學習起飛、降落、迴轉、盤旋、俯衝、滑翔等各種飛行技巧，努力的練習捕捉湖中游魚，啄開沙中貝蛤，採食樹上果實，吸吮草莖液汁。終於學會了獨立生活的本領，卻立刻面臨更大的挑戰。

　　「孩子，明天我們要離開這裡出發旅行了。」

　　「為什麼要離開這裡？這裡有山有水有食物，住著多舒服。」

　　「天氣漸漸寒冷，不久樹葉落盡，湖水結冰，這裡會變成冰天雪地，找不到半點食物，我們一定要在冬季來臨以前趕快離開。」

　　「哦！要到哪裡去呢？」

　　「要到溫暖的南方去。」

　　「南方在哪裡？遠不遠？」

　　「南方在地球的南邊，要飛行幾千里。」

「這麼遠，誰帶路？」

「大家一起跟著領隊飛，你要緊跟在爸媽的身旁，才不會失散。知道嗎？」

「知道了，真捨不得離開這裡。」

「傻孩子，明年春暖花開時還會回來的。」

第二天，東方初現一道曙光，成千上萬的紅嘴鷗，迫不及待騰空起飛，飛向遙遠的南方。小海鷗們既興奮又緊張，東張西望觀看沿途新奇的地方。

「快到了嗎？我有點累了。」

「還遠得很呢，忍耐一下！」

「我又渴又餓，我們停下來休息一會兒，好嗎？」

「不好，這是團體行動，我們不能單獨停留下來，離開了隊伍不但會迷路，而且會有生命的危險。孩子！這是你第一次長途旅行的考驗，平安通過才能成為真正的海鷗。你看，地面的風景多美麗，別老惦記著肚子。」

「爸爸！那邊有一條彎彎曲曲長長的土堆，是什麼地方？」

「那是萬里長城，中國人的祖先建造的，你看多雄偉！每回飛過我都要多看幾眼。」

「既然這麼喜歡，我們就住在長城上好了。」

「長城雖然好，但不是我們海鷗居住的地方，繼續向前飛吧！」

「啊！我看到水了，一條好長好長的水。」

「哦！那是中國的黃河。」

「黃河裡有魚嗎？」

「當然有，黃河裡有魚有蝦，多得吃不完。」

「那我們就住在黃河上，天天吃個飽。」

「黃河雖然魚蝦多，也不是我們海鷗居住的地方，繼續向前飛吧！」

「啊！我又看到黃河了。」

「那不是黃河，那是中國的第二條大河長江。」

「長江裡也有魚嗎？」

「長江的魚更多，跟長江接連的大湖，還有肥美的螃蟹和大蝦。」

「真的？那我們快飛去住下吧！」

「又說傻話，長江再好也不是我們海鷗居住的地方。」

「這也不是，那也不是，究竟哪裡才是我們海鷗居住的地方？」

「兩個地方，春天在北方，冬天在南方。」

「為什麼要飛來飛去？」

「因為我們是候鳥，每年隨著氣候變化，南飛北往遷移到溫暖的地方。」

「飛這麼遠不覺得累嗎？中途不休息嗎？」

「快到了，前面是昆明的翠湖，就是我們過冬的地方，那裡有一位吳爺爺在等我們。」

「太好了，我們快點飛到翠湖去吧！」

昆明的翠湖公園站著一位翹首企盼的老人，腳旁放著一桶桶穀類和小魚，嘴裡喃喃自語：

「紅嘴鷗，我的孩子們！該來了，怎麼還不來呢？」

忽然，遙遠的天邊出現一排黑影，由遠處漸漸飛近，紅嘴白身，原來那是領隊的海鷗，帶領著成千上萬的海鷗們飛來了。牠們以優美的姿勢降落湖面，大口喝飲甘甜的湖水，拍展雙翅洗滌長途跋涉的旅塵。

「孩子們！我等你們很久了，快來吃點食物。」吳爺爺捧起穀子灑在岸邊，抓把魚兒拋在水中，飢餓的海鷗們爭先恐後地吞食。

「別搶！別爭！食物多的是，夠你們吃個飽。」吳爺爺笑嘻嘻地，一邊餵食一邊呼叫海鷗們：

「頭兒！你真了不起，帶隊辛苦了。來！多給你吃幾條魚。」

「小不點！你長大了！呀！還娶了太太，生了小娃兒。來！請你們全家吃魚。」

「頑皮鬼！受傷的腿好了吧？來！吃條魚補一補。」

「大眼睛！怎麼還沒有找到伴侶？來！吃條魚加油，明年帶個丈夫來。」

「白胖子！別老搶魚吃。來！吃把穀子均衡一下，太胖了飛不動的喲！」

吳爺爺正慈祥地與圍在身旁的海鷗一一說話，海鷗們也親熱地「嗅！嗅！」搖頭擺尾回應。突然身旁傳來「卡嚓！卡嚓」的聲音。原來是一群攝影家、賞鳥人、新聞記者，用鏡頭捕捉這難得一見的溫馨感人場面。

「老先生！為什麼您跟海鷗們這麼熟悉？」

「我跟牠們是老朋友了，年年冬天我都在湖

邊，等牠們從北方飛來。」

「牠們都有名字嗎？剛才聽到您在叫牠們。」

「只是幾隻膽子較大的敢靠近我身邊討食，才給牠們取個綽號玩玩。沒想到牠們居然記住了，一叫就來，真是有趣。」

「請問老先生餵養海鷗多少年？為什麼想做這件事？買飼料要花很多錢吧！」

「嗯！差不多十二年了。那年退休閒來無事，常在湖邊散步。發現這群遠自西伯利亞的稀客紅嘴鷗飛來過冬，當時被群鳥降落湖面的壯觀景象震撼，試著餵些食物，牠們居然搶著來吃。於是天天來餵，不知不覺變成了朋友。」

「老先生！您真有愛心，難怪海鷗們都認識您，可是您哪有這麼多錢來買飼料？」

「我有退休金呀，反正我是一個孤獨的老人，生活簡單，花費有限，養養這群可愛的鳥，得到金錢買不到的快樂。鄰居和朋友們知道我餵鳥，也送來好多飼料，其實這座大湖裡有魚有蝦，夠牠們吃

個飽，吃我餵的飼料，大概想換換新口味吧！」

「天天餵牠們，鳥若是會說話，一定會向您道謝的。」

「牠們相信我，親近我，圍在我身邊，我就心滿意足了。去年有一隻鳥，腳受傷，我帶牠回家養傷，送牠回來時，牠還捨不得離開。你看！就是那隻叫頑皮鬼的。原來鳥也有感情的呀！」

「老先生！這真是令人感動，我可以拍張照，在新聞上報導嗎？」

「這樣平凡的小事不值得報導，請讓我默默的享受餵鳥的樂趣吧！」

「老先生！保護野生的動物，是我們人類的願望，但不是人人有機會做得到。難得翠湖來了這些珍貴的候鳥，受到您的呵護，為什麼不讓大家都知道這感人的真實故事？讓許多人一起來愛鳥呢？」

「嗯！說得有道理。海鷗是大家的貴客，越多人愛護牠們，牠們越喜歡留在翠湖過冬。我的年歲漸漸大了，照顧牠們的事就靠你們年輕人了。」

「老先生！您永遠是海鷗的爺爺。」

「哈哈哈哈！我是海鷗爺爺。海鷗們！聽到了嗎？我是你們的爺爺！」他快樂地大聲對著滿湖的海鷗說。

「噢！噢！噢！噢！」千百隻海鷗接二連三，此起彼落，回應之聲響徹雲霄，似乎在呼喚「爺爺！爺爺！」記者們立即按下快門，抓住這珍貴的一幕。

這年冬季，每天清晨，海鷗爺爺準時來到湖邊，興高采烈地餵食，風雨無阻，從未間斷。不料有一天，海鷗們從日出等到日落，不見人影，一天又一天，始終等不到海鷗爺爺到來。海鷗們議論紛紛地猜測原因。

「為什麼爺爺不來餵我們東西吃？」

「也許他沒有食物了？」

「沒有食物也沒關係，他可以來跟我們說話，同我們玩耍。」

「也許他討厭我們太吵了？」

「不對！他是愛了我們十二年的爺爺，絕不會討厭我們的。」

「對！他是我們最愛的爺爺，他喜歡聽我們的聲音。」

「可是他為什麼不來了呢？再不來我們就要回北方了。」

「離開前真想再看到爺爺。」

「每年春天，爺爺都會站在湖邊送我們啟程，他一定會來的。」

　　海鷗們苦苦的等待，痴痴的盼望，依然看不到爺爺的身影。眼看北飛的日子即將來臨，再也無法等待。就在離航的清晨，翠湖之畔豎立了一張二十四吋大的照片，那是海鷗爺爺和藹可親的模樣。海鷗們欣喜地飛舞迎接，卻發現爺爺靜靜站立，默默無言。好像明白爺爺已不在世間，立刻排著整齊的隊伍靜靜地向遺像致敬，或停飛在空中對

著遺像注視。

「再見！親愛的海鷗爺爺！」

「再見！我們永遠懷念您！」

道別之後，海鷗們緩緩騰空，展開雙翅，哀哀鳴叫，依依不捨的起飛，忍不住又頻頻回首，彷彿聽見爺爺熟悉的呼喚：

「再見！孩子們！明年還要到翠湖來喲！」

「再見！海鷗們！歡迎你們年年都到翠湖來！」

一群懷念爺爺的老友齊聲高呼，目送海鷗們飛上青天，消失在茫茫的雲海。

——原載2000年12月23日《人間福報》

老榕樹

　　鄉間路旁的老榕樹，不知何人栽種。無人照顧培育，吸取日月精華，承受風雨滋潤，兀自長成一株頂天立地的大樹。根莖粗壯蜿蜒盤錯，枝葉茂密華蓋如雲，英姿煥發生機盎然。行人見到莫不欣喜趨之向前。

　　農婦背著嬰孩來到樹蔭，解開背帶將孩子輕輕放在地上，溫柔的說：

　　「乖孩子！好涼快吧！舒舒服服睡一覺，大樹爺爺保佑你長大。」孩子抬眼向上望，只見綠葉叢間，散落下點點金色的陽光，一閃一閃撫摸著惺忪小眼，不知不覺進入了夢鄉。

　　孩子漸漸長大，大樹不僅是他的眠床，也是遊戲的地方。他躲在樹後捉迷藏，他懸吊樹幹盪鞦

轤，他攀爬樹間學猴樣，他摘樹葉吹笛音，他拔樹
鬚當繩跳。無論他怎麼調皮搗蛋，大樹溫柔的眼神
依然跟隨左右。

歲月倏忽，孩子已是翩翩少年。一天突然跑
來，抱著大樹痛哭流涕，捶著樹幹哀嚎傾訴：「我
失敗了！什麼都完了！」大樹緊緊擁抱他，吸乾他
的淚水，平息他的悔恨，彷彿溫柔地對他說：「別
灰心！要學我，任何苦難都會熬過。」

數年之後，少年長成為青年，牽著伴侶來到樹
旁，細述大樹給他快樂的童年，感激大樹承擔他的
苦痛。他們伸開雙臂環抱樹幹，但圍不住日益粗
壯的大樹。他說：「我們要帶著孩子一起來圍住
你。」大樹默默接受愛的承諾，欣喜的搖擺枝葉。
剎那間片片葉兒紛紛落下，飄在髮間，灑在身上，
灑滿了愛的祝福。

大樹挺
立身幹，守護著
大地。白晝的樹蔭
分享路人，夜晚的枝椏
送給歸鳥。堅強的大樹，
禁得起風吹雨打，受得住寒
冬炎暑，逃得過颱風摧殘，躲
得了地搖天動。雖能戰勝大自
然的挑戰，卻無法抵擋被人類砍
除的命運。大樹搖頭歎息，枯黃

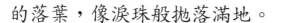

的落葉，像淚珠般拋落滿地。

　　就在生死存亡的緊要關頭，一大群人扶老攜幼成群結隊快步而來，他們圍坐大樹四周，一圈又一圈。其中一對夫婦帶著三個孩子，手牽手走向前，緊緊擁抱大樹，用嘴貼著樹皮，說著他們之間的悄悄話：「我來了！我們終於圍住了你。」然後又大聲說：「我們都是在樹下長大的人，該是我們來保護你的時候。這裡將要建造一座榕樹公園，讓後代子子孫孫，瞻望你的雄偉英姿，承受你的蔭澤庇護。」

　　大樹聽了仰頭大笑，茂綠的枝葉揮舞在空中。

──原載2001年12月9日《人間福報》

啄木鳥

　　清晨的陽光穿過白茫茫的薄霧，緩緩射入寂靜無聲的叢林。突然「叩叩叩！叩叩叩！」響起一陣急促的聲音，驚醒了鳥兒們的美夢。小麻雀們被吵醒，吱吱喳喳的抱怨：

　　「吵死了，人家還沒有睡醒，真討厭！」

　　「是誰呀？我去看看！」

　　原來是一隻啄木鳥在樹幹上鑿洞，只見牠用細細尖尖的長嘴不停地鑿，叩叩叩！叩叩叩！

　　「啄木鳥！你真吵，為什麼起得這麼早？」

　　「早起的鳥兒有蟲吃，早起的鳥兒好工作。」

　　「哈哈！真好笑，鳥兒會吃蟲，哪會工作？」

　　「你不知道嗎？吃蟲就是工作，樹的醫生就是我。」

　　「樹幹被你鑿得一個洞一個洞，哪裡像醫生？」

「我是不是樹的醫生，你去問呀！」

「大樹呀大樹！你來說句公道話，牠天天鑿你，到底痛不痛？牠是醫生還是災禍？」

「小麻雀呀小麻雀！不知道的事情別亂說。被牠鑿洞是有一點痛，讓牠吃掉了害命的蟲，這點痛又算什麼？別的鳥兒來我這裡，不是喝我的水、吃我的果，就是遊玩和作窩，哪管我們樹兒的死與活？吃了我的蟲，救了我的命，不是醫生是什麼？」

「我常幫你吃害蟲，我也是你的醫生呀！」小麻雀不服氣地說。

「是嗎？你只能吃掉樹葉表面看得見的害蟲，啄木鳥卻可以吃掉深藏樹心的害蟲。牠救活了我們生病的樹，大家公認牠才是樹的醫生。」

「哼！一隻啄木鳥，能救多少樹？」

「一隻啄木鳥救活一棵樹，千千萬萬的啄木鳥，不就能救活千千萬萬的樹嗎？」

「我們小麻雀比啄木鳥多得多，救得比牠快，

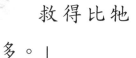

救得比牠
多。」

「可惜你們
毛毛燥燥沒耐心找害
蟲，喜新厭舊沒恆心工
作。更重要的是不會鑿洞
開心，治不了心害，除不了
病根。小麻雀！你還是量力
而為，安分守己吧！」

「說的也是，麻雀就是麻
雀，啄木鳥就是啄木鳥，誰也
不能取代誰。我能為你們做什麼
呢？」小麻雀若有所悟。

「啄木鳥是開心治病的醫生，
麻雀是散播快樂的音樂家，都是我
們的好朋友。」

「呵呵！我是快樂的音樂家，謝
謝大樹告訴我。啄木鳥！對不起！打

斷了你的工作，我要去唱歌了！」小麻雀心滿意足，吱吱喳喳地飛去。

啄木鳥繼續鑿洞，從這棵樹鑿到那棵樹，由這片林子鑿到那片林子。「叩叩叩！叩叩叩！」聲音漸行漸遠，燦爛的陽光已普照大地。生生不息的萬物，日新又新。

——原載2000年9月9日《人間福報》

吉吉的口袋

　　吉吉從媽媽的袋囊裡探出頭來，棕色的皮毛，大而圓的耳朵，透出紅色的光彩。烏溜溜的黑眼瞳，閃閃發亮。牠是隻紅頸小袋鼠，第一次觀看外面的花花世界。

　　五個月前，吉吉剛出生時才兩公分長，一公克重。紅咚咚、赤裸裸，順著媽媽舔溼的皮毛，獨自爬進溫暖的袋囊中。閉著雙眼東鑽西探，啣到柔軟的乳頭，開始吸吮豐富的奶水。媽媽的袋子就是吉吉唯一的世界，直到牠發現外面別有天地，再也不能安分地待在袋內。

　　「媽媽！我可以出去玩一下嗎？」

　　「可以呀！別走遠了。」

　　吉吉爬出袋外，用強壯的長尾巴撐在地面，後

腳用力彈起，向前跳躍，媽媽跟在後面。遼闊的草原一望無際，吉吉興奮的跳著，突然看見一隻小綿羊跑過來，好奇的用鼻子嗅一嗅吉吉：

「你是誰？為什麼一蹦一跳的走路？」

「我是袋鼠吉吉，我們都是這樣走路的。你是誰？身上的毛好長哦！」

「我是小綿羊，長長的毛是我的大衣，不怕風雨不怕冷。你住在哪裡？」

「我住在媽媽的口袋裡。」

「口袋？可以讓我看看嗎？」

「歡迎參觀！」

袋鼠媽媽蹲下身子張開口袋，小綿羊伸頭探望，吉吉說：

「這是我住的地方，裡面有奶吃，有床睡，是我的寶貝口袋。」說完就跳進袋內。

「好舒服喲！我要回去問媽媽，為什麼牠沒有口袋給我住？再見！」

小綿羊跑開後，吉吉對媽媽說；

「媽媽！我要一直住在這個寶貝口袋裡。」

「傻孩子！等到你長大會吃草的時候，你就要住在外面了。」

「那口袋誰來住？」

「你的弟弟或妹妹來住呀！」

「不要！不要！這樣我不是沒有寶貝口袋了嗎？」

「吉吉！你自己也有一個口袋呀！不相信，摸摸肚子看。」

「真的！我也有一個小小的口袋，我也要裝一個小貝比。」

「裝小貝比？還早，還早。」

「不然，我裝什麼呢？」

「裝你喜歡的東西。」

第二天黃昏，吉吉跳出袋外散步，撿到幾片嫩綠的葉子，立刻放進袋子裡，回來對媽媽說：

「媽媽！你看，我的口袋裝了什麼？」

「啊！我最喜歡吃的樹葉，是要送給我的

嗎？」

「是呀！媽媽！以後每天我都要帶樹葉回來給你。」

「吉吉！你的口袋真有用，會裝樹葉，還裝了孝心。」

吉吉漸漸長大，媽媽的袋子越來越重。有一天，吉吉回到袋中，撞到一個柔軟的小東西，嚇得連忙跳出來。

「媽媽！袋子裡有奇怪的東西，好可怕呀！」

「不要怕，那是你剛出生的小弟弟。」

「小弟弟也要住在袋子裡，吃媽媽的奶，那我呢？」

「媽媽有四個奶頭，吉吉吃大的，弟弟吃小的。」

「袋子這樣小，住得下嗎？」

「弟弟才一丁點大，怎麼住不下？再過一個月，吉吉就要出去住了。」

「口袋就是弟弟的囉。」吉吉依依難捨。

「吉吉，你還有自己的口袋嘛！」媽媽安慰牠。

「可是哪有媽媽的口袋好呢？」

「吉吉！你的口袋才神奇，可以裝看得見的東西，也可以裝看不見的東西。」

「真的嗎？告訴我，到底可以裝什麼東西？」

「以後你自然會明白的。」

九個月大的吉吉，終於離開了媽媽的口袋，開始獨立生活。起先小心翼翼的跟隨媽媽找食物，後來大膽的走到遠方去探險。一天，吉吉正在樹下吃草，突然樹上傳來呻吟聲，原來是無尾熊生病了。

「唉！好難過喲！」

「無尾熊！怎麼生病了？我要怎樣幫助你？」

「我吃錯了樹葉，病得全身無力。請你到東邊林子，摘點新鮮的山藍尤加利樹葉給我吃好不好？」

「沒問題，請忍耐一會兒，我快去快回。」

吉吉飛也似地跑到東邊，只見樹木叢叢，不知哪一棵是山藍尤加利？牠跳上跳下，探頭探腦，驚動了樹洞裡的金剛鸚鵡，大聲責備牠：

「吉吉！你鬼鬼祟祟地幹什麼？是不是想偷我的蛋？」

「才不是呢！我是幫無尾熊來採山藍尤加利葉子，可是我找不到。」

「對不起！我錯怪你了。來！我帶你去摘。」

吉吉的袋子裝滿了新鮮的山藍尤加利葉子，迅速地送給無尾熊。

「謝謝你！吉吉！幸好你有一個寶貝袋子，我要跟你作朋友。」

從此，吉吉和無尾熊，一個在樹下一個在樹上，遙遙相望說說笑笑，有時一起自由行走，四方覓食。不知不覺又來到東邊林子，無尾熊大嚼山藍樹葉，吉吉細啃嫩草根，突然聽到一陣呼救聲：

「有誰在下面？快接住我的寶寶！」

牠們抬頭一看，大吃一驚。原來是一隻小金剛鸚鵡，跌出洞外，落在枝椏間，搖搖晃晃，眼看就要墜落地面。

「別害怕，跳下來，我用口袋接住你。」

吉吉撐開袋子，對準鸚鵡貝比，左挪右移，「噗」的一聲，安全降落袋中。大家都鬆了一口氣，無尾熊看得目瞪口呆，金剛鸚鵡雙雙飛下連聲道謝：

「謝謝你！吉吉，想不到你的袋子這麼有用。」

「別客氣！沒想到我的口袋居然可以當救命袋。可是怎麼送上樹呢？」

「呵呵！就靠我了，我會爬樹，也有口袋。來！小貝比！我送你回家。」無尾熊抱住樹幹，慢慢地向上爬升，直到樹洞口。

「謝謝你，無尾熊！」金剛鸚鵡飛隨護送，感

謝萬分。

　　「別客氣！好朋友就是要互相幫助的嘛！」

　　黃昏時分，歸家路上，吉吉遇見媽媽帶著小弟弟出來散步：

　　「吉吉！你的袋子派上用場了嗎？」

　　「媽媽！我的袋子裝了兩件看得見的東西，山

藍尤加利樹葉和貝比鸚鵡，可是還沒有裝到看不見的東西。」

「是嗎？眼睛看不見，用心去感覺，就會知道什麼是看不見的東西。」

「讓我想想！啊！我明白了！是我對無尾熊和小鸚鵡貝比的愛心。」

「說對了，吉吉！唯有愛才能使我們的口袋神奇無比。」

「哇！我有一個神奇的口袋，我要去找找，看看還有什麼稀奇寶貝可以裝進來。」

吉吉說完話，轉身一跳一躍的離開，剎那間穿過草原，消失在那廣大的叢林。

紫玉米

　　小松鼠在樹椏午睡，一覺醒來，發現身旁放著一條玉米，驚喜地拿了起來。

　　「咦！好漂亮的玉米，我從來沒看過紫色的玉米！」看著聞著，忍不住吃了起來：

　　「真好吃！又Ｑ又香，是誰送給我的呢？嗯！一定是媽咪煮的。」

　　「媽咪！玉米是你煮的嗎？真好吃，謝謝媽咪！」

　　「玉米？哪來的玉米？今天我沒有煮玉米。」

　　這就奇怪了，是誰送給我的呢？一定是好朋友小山羊。

　　「小山羊！謝謝你送的玉米，好好吃哦！」

　　「玉米？今天我好忙，沒有送東西給你。」

　　「天竺鼠！是你送給我玉米吧？謝謝你！」

117

「玉米？你有玉米？快給一條，我最喜歡啃玉米了。」

看樣子不是天竺鼠送的，可能是小白兔吧！
「小白兔！是不是你送給我一條紫玉米？謝謝你！」
「是啊！我是想送給你玉米，可是我還沒有送，你怎麼就知道了呢？」

不是小白兔送的，大概是小山豬吧！

「小山豬！謝謝你送給我的玉米，好吃得不得了！」

「好吃的玉米？在哪裡找到的？快帶我去吃個飽！」

也不是小山豬，究竟是誰送的？難不成是小花鹿？不太可能吧！

「小花鹿！玉米是你送給我的嗎？」

「是啊！是我發現的紫玉米，送過去的時候，你睡得好熟啊！」

「謝謝你！小花鹿！我真高興吃到顏色那麼特別又好吃的玉米，我一直在找是誰送的。對不起！最後才想到你。」

「想不到是我沒關係，不知道是誰送的也不要緊。只要想是一個好朋友送來，快快樂樂地享受就好了。」

小松鼠認真地思索小花鹿的每一句話，就像品嘗著那一粒粒甜美的玉米，喜悅而滿足。

——原載1996年3月3日《國語日報》

花鹿的春天

　　春風輕輕拂過草原，和煦的陽光溫暖了寒冬，動物們快樂地迎接春的來臨。

　　白兔、山羊、黑羊、花鹿、小牛、斑馬相約去春遊，牠們準時到松樹下集合，唯獨遲遲不見花鹿到來。

　　「花鹿為什麼還沒來？山羊！是不是你沒有通知牠？」白兔焦急地問。

　　「我怎麼會不通知牠，牠一向守約，一定會來的。」山羊肯定地說。

　　「對！牠說話算話，一定不會失約。不過牠非常守時，這麼久不來一定有原因。」小牛也附和著。

　　「什麼原因？說不定還在睡懶覺哩！害得大家在這裡苦苦地等。」斑馬有些埋怨。

　　「不可能，花鹿從來不睡懶覺，也許有別的原

因，再等一會兒就會來的。」黑羊為朋友辯白。

「哼！太陽已升到頭頂還不來，恐怕等到太陽下山也不會來了。」斑馬小聲嘀咕著。

「到底為什麼？真叫人擔心。」小牛開始不安。

「與其在這裡擔心等待，不如去看個究竟。」白兔說完正要離開，忽然一隻猴子上氣不接下氣地跑來大聲地說：

「花鹿生病了！牠不能來了！」

「什麼？生病了？生什麼病？」大家急忙向前圍住猴子，你一句我一句地追問。

「生什麼病我也不知道，反正牠不能跟你們去玩了，叫我趕快來告訴你們。再見！」猴子簡單地傳達訊息就走了。

「毛毛躁躁，說得不清不楚就一走了事，現在怎麼辦？」斑馬著急。

「幸好猴子來報信，否則不知道等到什麼時候，我們趕緊去看花鹿吧！」白兔建議後，大家立

刻出發，來到花鹿的家。

　　牠們擠在花鹿身旁，七嘴八舌地探問：「花鹿！你怎麼生病了？生什麼病？痛不痛？有沒有請醫生看病？」

　　「謝謝你們關心，我的病並不嚴重，只是腿痛站不起來，走不動。爺爺說要多休息，媽媽去找藥草給我吃，再過幾天就可以跟你們一起玩了。」花鹿躺著慢慢地回答。

　　「花鹿！我知道山上有一種草，可以療傷止痛，我去採來給你。」山羊自告奮勇地說。

　　「我跟山羊一起去採。」黑羊也表示心意。

　　「花鹿！我能幫你做什麼呢？」小牛含著眼淚問。

　　「花鹿！我跑得快，跑腿的事都包在我身上。」斑馬拍拍胸脯。

　　「花鹿！乖乖在家養病，我們會來看望你、陪伴你，希望你快快好起來。」白兔表達了大家的心

願。

「謝謝你們，謝謝你們！我一定會好起來。」
花鹿的眼睛在淚水中泛出感激和希望的光芒。

春天的草原一直看不到牠們活潑的身影，也聽
不到快樂的嘻笑聲。夏天的腳步漸漸近了，可憐的
花鹿還在養病，朋友們輪流探望陪伴。

「花鹿！你好些了嗎？」

「唉！有一點點進步。」

「快點好起來，我們等著你到草原去玩哩！」

「啊！我好想跟你們一起在草原上奔跑跳躍。
唉！今年春天沒去成，也許明年春天也去不成。」

「別說洩氣的話，不放棄希望，就永遠擁有希
望。」

「我的病真有希望好起來嗎？」

「絕對有希望，我們都有信心。」

「要是不能好起來，每天只能窩在家裡，我怎
麼辦？」

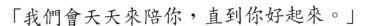

「我們會天天來陪你，直到你好起來。」

花鹿在朋友們的安慰鼓勵中，勇敢地和病魔搏鬥。熬過了蕭瑟的秋季，捱過酷寒的冬日，終於康復了。

又是春暖花開的季節，花鹿和朋友們來到闊別已久的草原，欣喜若狂般向前奔跑。斑馬首當其衝，黑羊、山羊緊追不捨，白兔、小牛隨之在後。牠們歡呼跳躍，竟忘記了花鹿還站立原處一動也不動，急忙轉身跑回去。

「花鹿！你為什麼不跑？」

「我跑不動又追不上你們。」

「對不起！沒有顧到你，現在陪你一起慢慢跑。」

「謝謝大家！我有你們這樣熱情、體貼、知心的好朋友，真是幸福。」

花鹿和朋友們肩並肩緩步向前，只見草原青

　　青，野花遍開，一望無

　際。不覺加緊腳步奔跑跳躍起來，越跑

越快，越跳越高。向前復向前，迎向燦爛光明的朝

陽，生生不息的春天。

——原載2001年3月11日《人間福報》

雨蛙和含羞草

　　一隻新生的雨蛙，活蹦亂跳在草叢中探險。東跳兩步，伸長身子向前張望；西跳三步，瞪大眼睛四面觀看。這是一個多麼新奇的世界，比起牠誕生的池塘，簡直是大了千百倍。野花盛開的草原，可當牠溫暖的眠床。群飛齊舞的小蟲，正是牠可口的食糧，真是上天賜給牠的好地方。牠歡喜得不禁手舞足蹈，跳上躍下地大聲歌唱：

　　「呱呱呱！我是一隻快樂的雨蛙！」

　　「唉呀呀！我是一株痛苦的小草！」雨蛙的身旁突然傳出微弱的哭泣聲。

　　「誰在哭？你在哪裡？」

　　「在你的身子下面，快被你壓死了。」

　　「對不起！」雨蛙嚇得連忙跳開，只見一株小草，被牠壓得東倒西歪，葉片緊緊合閉，奄奄一息痛苦的模樣。

「對不起！我不知道你在這裡。我是雨蛙，以前住在池塘，今天才來到草原，不知道的事情很多。請告訴我，你是誰？住在這裡有多久？」雨蛙再一次道歉。

「我是含羞草，一輩子都住在草原上。望得到藍天白雲，聞得到花香果甜，看得到蝴蝶飛舞，聽得到知了鳴叫。可是一步也不能離開這生根的地方，我不知道能告訴你什麼？」含羞草小聲慢慢地回答，一對對羽毛般的綠葉漸漸伸展開來。

「咦！你的葉子張開來了，嫩嫩綠綠、細細長長、整整齊齊，真是好看，幸好沒有被我壓壞。含羞草，我要跟你作朋友。」

「跟一個什麼都不知道的小草作朋友，對你有什麼好處？」

「交朋友不在乎有沒有好處，何況我也是一隻什麼都不知道的雨蛙。但是以後一定會學到很多新的事，我都要教給你。」

「真的？那我也把我知道的一點點事告訴

你。」

「太好了！含羞草！我們要作好朋友。」雨蛙熱情地上前擁抱。

「雨蛙，請別太靠近我，離我遠一點比較安全。」

「好！你是一株害羞的草，我會記得離你遠一點。」雨蛙連忙退後兩步。

從此以後草原上多了一對好朋友。雨蛙白天四處遊玩，晚上回來告訴含羞草許多新鮮的事情。

「含羞草！今天我參加跳遠比賽得到了第一名。」雨蛙得意揚揚的說。

「啊！你真棒！恭喜你。」

「明天我要向小白兔挑戰。」

「小白兔是草原上跳遠的冠軍，別傻了，你一定比不過牠的。」

「誰說的？沒有比賽怎麼知道輸贏。」雨蛙不服氣。

「明知道比不過還要比，你太自不量力了吧！」

「含羞草！不要小看我，明天等著我勝利的消息。」

第二天從黃昏到天黑，不見雨蛙回來，反倒是小白兔跑來報信。

「雨蛙跳傷了腿，回池塘去療傷，暫時不能來草原，牠叫我通知你一聲。」

「謝謝你，小白兔！不知道傷得嚴重不嚴重？也不知道比賽結果怎麼樣？」

「哪有什麼結果，剛開始比賽，雨蛙才跳出一步，就趴在地上爬不起來了。」

「勸牠不要跟你比，牠偏要比，可憐白受苦。」含羞草難過地落下淚來。

「我根本不想跟牠比，是牠苦苦哀求，也許吃點苦頭才會學乖。」小白兔搖頭歎息的離開。

半個月後，雨蛙生龍活虎般回到草原。依然早

出晚歸，到各處探險。

「含羞草！今天我發現了一個很大很深的山洞，在裡面玩得正開心時，突然進來一條又粗又長的蟒蛇，張開大嘴，吐出舌頭，想要吃掉我。幸好我逃得快，才能平安脫險回來。你看我多聰明、多勇敢。」

「唉呀！好危險呀！你闖進蛇洞了，說什麼聰明勇敢，我看是你運氣好。不知道危險是愚笨，下次要小心些才好。」

「放心！含羞草！我的頭腦靈活，動作敏捷，什麼危險都躲得過的。」雨蛙自信滿滿。

一天黃昏，雨蛙玩得精疲力竭回來，突然眼睛一亮，發現地面開滿了小花，一朵朵粉紫色的彩球，挺立在綠茵叢中，夕陽餘暉照射下，散發出奪目的光彩。

「含羞草！這是你的花嗎？什麼時候開了這麼美麗可愛的小花？」

「開了兩三天了，是草原上最不起眼的小花而已。」

「誰說的？草原上所有花都比不上你好看。只怪我粗心大意，只顧自己，沒有關心到身邊的朋友。對不起！」

　　「沒關係，你忙你的，請別不停的讚美，我會難為情的想鑽到地下去。」

　　　　「好好好！這麼謙虛怕羞，我忘記你是含羞草了。告訴我，今天你看到什麼特別的事情？」

　　　　「雨蛙！我正要跟你說，草原上那邊來了幾隻水牛吃草，差一點就要吃到這邊來。牠的身子笨重腳粗壯，離牠們遠一點，小心被踩扁。」

　　　　「謝謝你提醒，我會注意的。」

過了兩三天，不到中午，雨蛙面色蒼白，慌慌張張的跑了回來。

「嚇死我了！嚇死我了！」

「雨蛙！發生了什麼事？你又闖禍了嗎？」

「不是我，是那隻青蛙，跟水牛比賽誰的肚子大。青蛙拚命吸氣撐大肚皮，吸著吸著，突然砰的一聲，牠的肚子爆裂開來就死了，好可怕呀！」

「真的很可怕，幸好不是你。」

「要不是青蛙搶先一步，要不是你告訴我水牛可怕，差一點就是我去比了。」

「為什麼你們總是要冒著生命危險，爭先恐後，搶著出人頭地？」

「你不懂，爭名奪利是我們勇敢蛙族的本性。」

「我完全不懂，我只知道安分守己是我們含羞草類的宿命。」

「奇怪，為什麼性格不同會變成朋友？」

「不奇怪呀！和不同類的作朋友，知道的事情

「會更多。」

「含羞草！我要學習你的溫柔細心、謙虛謹慎。」

「雨蛙！我也要學習你的活潑熱情、勇敢樂觀。」

「哈哈哈！如果學得一模一樣，我不就變成含羞草了嗎？再也不是雨蛙。」

「我也會變成雨蛙了嗎？」含羞草小聲問。

「不可能啦！雨蛙永遠是雨蛙，含羞草永遠是含羞草。」雨蛙搖搖頭。

「對！但是雨蛙和含羞草永遠是好朋友。」含羞草抬起頭來，大聲肯定地說。

蔚藍的天空，飄來一片白雲，聽到了牠們的對話，讚許般微微一笑，像是默默的祝福，逍遙自在地又飄向浩瀚的穹蒼。

——原載2001年6月2日《人間福報》

第四瓣幸運草
夢　想

豆娘的夢

　　夏日的池塘幽深寂靜，清風徐徐吹過，柳枝輕輕搖曳，片片葉兒灑落水面，泛起層層漣漪，葉兒隨波漂浮旋轉。小魚游過來一口咬住，立刻又吐了出來。葉兒繼續漂游，不久慢慢隨著漩渦沉到水底，落到一隻水蠆身旁：

　　「喂！你是誰？從哪裡來？」

　　「我是柳葉兒，從上面的池塘來。你是誰？為什麼住在下面？」

　　「我是水蠆，生出來就住在水底。柳葉兒你長得真漂亮，翠翠綠綠、細細長長。不像我又黑又胖，難看死了。如果我是你多好呀！」

　　「我有什麼好？風一吹就散落，飄到這又濕又黑的水底，說不定會變得跟你一樣醜。嗚……。」

　　「別哭，別哭，再哭下去我也要哭了。」

　　「哈哈，兩個小傻瓜，有什麼好哭的？世界上

的事物，美的會變醜，醜的也會變美，你們等著瞧吧！」一隻老烏龜游過，說完就游走了。

「哦！原來美麗的我，是會變醜的呀！」柳葉兒有點感傷。

「哦！原來醜也會變美，我會變得多美呢？」水蠆快樂的幻想起來。牠的腦子作著一個連一個的白日夢：

「我要變作柳葉兒。不好！柳葉兒最後會沉到水底。」

「還是變一隻小魚，游來游去多快樂。也不好！還是只能在水裡游。」

「變一隻蜉蝣也不錯，就可以游到水面上去，還可以飛。啊！不行，蜉蝣活不到一天。」

「嗯！變一隻烏龜，可以活一百年。唉！可惜還是住在這小小的池塘裡，要是能飛到很遠很遠的地方多好。」

「對！變一隻蝴蝶，自由的在空中飛舞。可是我這麼醜，能變成美麗的蝴蝶嗎？老烏龜說過，醜

可以變成美，我一定可以變成美麗的蝴蝶。」

　　水蠆越想越快樂，身子不知不覺也漸漸起了變化。牠變得又長又胖，突然有一天，牠居然順著水草爬出水面。

　　「啊！我上來了，好遼闊的天空，好溫暖的陽光，我喜歡這種感覺。可是我還是我，一點也沒變。」

　　「時候到了自然會變，耐心地等待吧！」池邊的老柳樹對牠說。

　　「柳樹爺爺！我會變成一隻蝴蝶嗎？」

　　「蝴蝶是毛毛蟲變成的，你是水蠆，不可能變成蝴蝶。」

　　「那我可能變成什麼呢？會變得跟蝴蝶一樣美嗎？我會飛嗎？」

　　「放心！你會變成美麗的飛行高手。」

　　「真的？我會變成美麗的飛行高手？太好了！」水蠆興奮地跳起來。

水薑滿懷希望，等待著謎底揭曉的日子到來。從清晨到黃昏，從黑夜到天明，心中充滿了期盼和焦急，身子也跟著膨脹起來，越脹越大，似乎快要崩裂。果然「啵」的一聲，身子從中裂開，伸出圓圓的頭和細長的尾巴，還有兩對濕答透明的翅膀。牠變了，變成全新的模樣，牠從水中倒影看到自己，不禁大聲歡呼：

　　「我變了！變得這麼漂亮，我有翅膀可以飛，可是我是誰呢？」

　　「呱呱呱！小傻瓜！你是一隻小蜻蜓。」青蛙忙著回答。

　　「啊！原來我變成了蜻蜓，我喜歡作蜻蜓。」

　　「不對！！不對！你不是和我們同類的蜻蜓。」一隻蜻蜓飛過對牠說。

　　「不是蜻蜓呀？那我究竟是誰？為什麼長得像你們？」

　　「表面看起來好像一樣，仔細比一比卻不一樣。你的身子豔紅又小巧，兩雙翅膀長得整整齊

齊。你是我們的表親，是美麗的豆娘。」

「我是美麗的豆娘，我喜歡這個名字。我要起飛了，離開這小小的池塘，飛到遙遠的新地方。」

豆娘展開雙翅緩緩上升，在空中盤旋幾回，快速地飛去，開始探索這嶄新的世界。牠朝著陽光飛行，上升下降。順著風向前進，左彎右轉。隨著山坡起伏，忽高忽低。沿著小溪流動，時急時緩。牠興奮地向前飛奔，想要一口氣看遍新天地。突然陣陣花香撲鼻而來，吸引牠飛到一望無際的荷花田。只見碩大圓滾的荷葉片片相連，千百朵鮮豔的荷花挺立在綠葉之間。有的含苞帶笑，有的盛開怒放，還有那嫩綠的蓮蓬偎依在旁。雙雙蝴蝶穿梭飛舞，對對蜻蜓點水騰空，豆娘連忙上前打招呼。

「喂！朋友們！帶我一起飛。」

「誰是你的朋友？」蝴蝶看牠一眼，冷冷地說。

「我是豆娘，跟你們一樣有會飛的翅膀，請作

我的朋友！」

「你是紅蜻蜓，去找同樣的朋友吧！」蜻蜓婉轉的拒絕。

「為什麼不要我作朋友？紅蜻蜓在哪裡？難道這裡只有孤獨的我？」豆娘感到寂寞悲傷。

「我不信，這裡一定有紅蜻蜓，我要找到我的朋友。」豆娘心中燃起希望的火花。

豆娘繼續尋夢的旅程，行行停停。不覺飛到樹林中，歇息在枝頭，東張西望。忽然看見樹枝上閃閃發光，飛近細看，才知道是一座晶瑩剔透的大網，中間坐著一隻醜陋的昆蟲，對牠手舞足蹈的招手：

「小豆娘！你喜歡我美麗的屋子嗎？請進來坐坐。」

「謝謝您，我是有點累了。」

豆娘正要飛進去，身邊傳來話語聲：

「別進去，危險！那是陷阱，快跟我走！」原

來是一隻雄壯的紅蜻蜓，拉著牠急忙離開，豆娘莫名其妙的問：

「為什麼美麗的屋子是陷阱？為什麼親切的招待會有危險？牠是誰？」

「牠是蜘蛛，專門吐絲結織漂亮的大網，引誘欺騙我們進來當食物，差一點你就是牠的早餐了。」

「唉呀！好可怕呀！謝謝你救我！」

「別客氣！我們都是紅蜻蜓，應該互相幫助。」

「紅蜻蜓？你真的是紅蜻蜓？啊！我終於找到你了！」豆娘快樂地直打轉。

「那邊還有一大群朋友，來！我帶你去會合。」

豆娘跟隨牠向前，果然看到一大群紅蜻蜓在

空中飛舞，有的獨
自翱翔，有的比翼而
行，有的結隊而飛。
小豆娘正在猶豫，不知要
如何加入，身旁的新朋友對牠
說：

「小豆娘！跟我作伴一起飛。」

「好！我們要飛到哪裡去？」小豆娘好奇地
問。

「一個最美麗的地方。」

「有多美？在哪裡？遠不遠？是不是我夢想的
地方？」小豆娘充滿期待的聲音。

「不遠不遠。到了到了，就是這裡。」

「咦？這不就是我誕生的池塘嗎？」小豆娘有
點失落的樣子。

「對！這是我最喜愛的池塘，我們要住在這
裡。」

「歡迎豆娘回家！」一群老朋友齊聲招呼。

池塘內紛紛響起歡聲，柳樹搖曳展臂擁抱，魚兒水波跳躍，青蛙咯咯鳴唱，烏龜探頭張望，大家迎接歸來的豆娘。豆娘感動得熱淚盈眶，哽咽地說：

　　「沒想到繞了一大圈，才明白這裡就是我夢想中最美麗最溫暖的地方。」

——原載2000年7月21日《人間福報》

蒼　鷹

蒼鷹即將遠離叢林，友伴們聞風而至。

「我不懂，你為什麼要離開？這美好的叢林，我們曾經共同看守著，以後的白天誰與我合作？」貓頭鷹埋怨地說。

「上天眷顧這片林子，自然會派遣看守者，絕不是非我不可。」

「這裡有甜美的山泉，豐富的食物，為什麼要走？」啄木鳥不明究竟地問。

「食物養身，自由養心，我追求的是生命的創新。」

「我們追隨你、崇拜你，帶我們一起走吧！」一群小鷹要求。

「還沒有為自己生長的地方做任何事，怎能離去？」

「我們一直敬愛你，你怎麼捨得離去？」夜鶯

們依戀地問。

「感謝你們的友情，離去後會更加珍惜，永遠留在思念中。」

「此去不知風險如何？真為你擔心，不如像我根深蒂固守在這裡一輩子吧！」老松樹語重心長。

「你的關心讓我感動，但是我還有躍動的心，冒險的勇氣，決心邁向新的旅程。」

「你要到哪裡去？」麻雀好奇地問。

「無限空間，隨心所欲。」

「看起來你是非走不可了？」貓頭鷹惋惜著。

「是的！正是時候！再見了！親愛的朋友！」

蒼鷹說完展翅而飛，漸行漸遠，消失在藍天白雲間。

——1994年5月26日 退休前夕

後記：

　　人的一生必然歷經無數次的
聚散離合。如何做到相聚時愉悅，分
散時瀟灑，就得先放下心中的牽絆，捨棄
心中的依戀，跨過那條離別大河，洗盡陳舊的塵土。
才能換得一身清心自由，重新奔向新的旅程。蒼鷹做得
到的事，難道聰明的人類做不到？退休前夕謹以此文自
我勉勵，並對多年同甘共苦的工作夥伴，致送最誠摯的
感謝及祝福。

誌於2012年12月20日

瓜瓞綿綿

　　豔陽高照的夏日，木瓜花盛開，紅白相映。蝴蝶雙雙飛來，讚嘆不已。

　　「好芳香的花蕊，遠遠的地方都聞得到。」

　　「嗯！花汁真甜美，今年的木瓜一定又多又甜。」一群小蜜蜂穿梭花叢，不亦樂乎。

　　「咦！這棵樹怎麼一朵花也沒有？」一隻小瓢蟲驚奇地發現。

　　「真奇怪！這棵樹長得特別高壯，居然連一朵花也沒開，難道它不是木瓜樹？」蟲兒們懷疑地打量。

　　入夜之後，那棵木瓜樹開始憂心：

　　「我是木瓜樹嗎？為什麼我不會開花？更不會結出木瓜果？怎麼能叫做木瓜樹？」它羞愧地低下頭來暗自落淚。

「傻孩子！你當然是木瓜樹，而且會是一棵出類拔萃的木瓜樹。」月姑娘溫柔地安慰。

「真的嗎？」木瓜樹將信半疑。

「真的！我看你是一棵大器晚成的木瓜樹，讓我給你新鮮的空氣。」風大哥表示關心。

「我也給你充沛的水，滋潤你快快長大。」雲姊姊熱心地支持。

「我可以給你豐富的養分，讓你早日開花。」大地婆婆也伸出援助的手。

「真是太好了！謝謝你們的幫助，我可以等著開花結果了。」木瓜樹破涕而笑。

「孩子！別忘了你自己的力量。」月姑娘叮嚀再三。

不久，木瓜樹的枝椏，漸漸冒出粒粒蓓蕾，可是依然不見花開，而園中其他的木瓜樹早已果實纍纍。

「這究竟是怎麼一回事？我們不都盡了全力

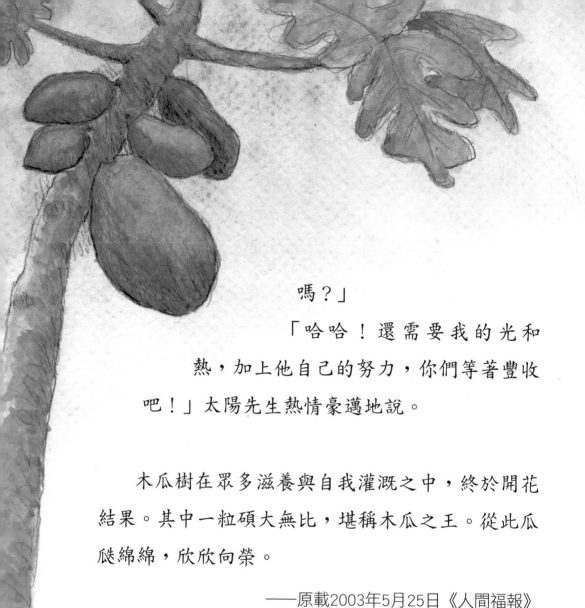

嗎？」

「哈哈！還需要我的光和熱，加上他自己的努力，你們等著豐收吧！」太陽先生熱情豪邁地說。

木瓜樹在眾多滋養與自我灌溉之中，終於開花結果。其中一粒碩大無比，堪稱木瓜之王。從此瓜瓞綿綿，欣欣向榮。

——原載2003年5月25日《人間福報》
1994年6月20日賀惠綿博士畢業留校任教之喜

小馬斑斑

斑斑是牧場上最年輕的小馬，身高體壯四肢修長，潤澤的毛皮閃閃發光。奔跑起來快如閃電，仰天長嘯震動四方。牠是牧場的寵兒，大家的新希望。斑斑每日在牧場逍遙自在，餓了啃吃甜美的水草，睏了睡在綠蔭叢下，和朋友繞著圈子賽跑，躍過柵欄比跳高。斑斑想，這樣快樂的日子實在好，可是媽媽不以為然。

「斑斑！你已經長大了，不能天天玩，該找樣事情做。」

「為什麼要做事？」

「會做事才是有用的馬啊！像你爸媽都是拉車的高手。」

「拉車？太辛苦了！我來想一想，有什麼輕鬆不費力的事。」

「好！讓你慢慢想，仔細想清楚。」媽媽笑著

153

答應。

　　從此以後，斑斑有了樁心事。牠漫步在草原，仰望遙遠的雲天苦思，有時停下腳步，俯視青翠的大地呆想。突然來了一群小白蝶，穿梭飛行在腳間。

　　「斑斑！我們來跳舞！」

　　「別煩我！我在想做什麼事最輕鬆。」

　　「跳舞的馬兒最輕鬆。」小白蝶丟下這句話飛走了。

　　「牠們會飛當然輕鬆，我用腳跳，可一點也不輕鬆。」斑斑生氣的奔跑起來，差點撞上迎面而來的大黑馬。

　　「斑斑！幹嘛氣呼呼的？」

　　「小白蝶說跳舞最輕鬆，我覺得跑起來才是最輕鬆。」

　　「既然你愛跑，就做賽馬吧！」

　　「嗯！做賽馬也不錯。大黑馬！你做什麼

事？」

「我是牧馬，載著主人趕牛羊、套野馬。」

「哇！好刺激！我想做牧馬。」

「斑斑！戰馬打仗，警馬抓賊，比牧馬更刺激呢！」

「對！我要做戰馬。可是戰爭好危險，萬一戰死怎麼辦？」

「因功戰死就是英雄馬，鑄成雕像可以成為永恆的銅馬。」

「我不想做英雄銅馬，我只想做平凡快樂的馬。」

「又要平凡又要快樂，那就做一匹拉車的馬，四處去遊覽！」

「不！拉車多辛苦，我才不要！」

「斑斑！你到底想做什麼？」

「不知道！」

「唉！跟你說了半天，還是不知道。去問老棕馬吧！聽牠怎麼說。」

老棕馬正躺在草叢休息，斑斑走到面前認真的請教：

　　「老棕馬！請告訴我，做什麼事既輕鬆省力又刺激快樂？」

　　「沒有！要有，我早去做了。」老棕馬斬釘截鐵的回答。

　　「那我怎麼辦？我想不出喜歡做的事。」斑斑感到苦惱。

　　「無論什麼事，先去試試看，做久了自然會喜歡。斑斑！有件事你會喜歡。」

　　「什麼事？」斑斑急著問。

　　「你會跑跳，會
直立，喜歡新奇熱鬧，
到馬戲團去表演，再好
不過了！」

　　「太棒了！我喜歡表演馬戲，
我喜歡觀眾的笑容和掌聲。」

　　「可是學習表演很困難，你不怕辛苦嗎？」

　　「只要我喜歡，什麼辛苦都不怕。謝謝您！老
棕馬！」

　　斑斑自信滿滿，昂頭挺胸，踏著輕快的腳步，
邁向希望大道。

——原載2002年2月10日《人間福報》

小蛇歡歡

　　小蛇歡歡是條漂亮的錦花蟒蛇。圓滾滾的身子，伸長了像根樹幹，外皮花紋似錦。蜷曲成團彷彿是織錦椅墊，軟綿綿、涼颼颼，像是夏日的涼椅。歡歡天性樂觀知足，吃飽了睡，睡醒來玩。自由自在漫遊草叢，無憂無慮嬉戲林間。可是日子一久，生活漸漸平淡無奇，歡歡開始感到無聊厭煩。

　　有一天，森林傳來令人興奮的消息，歡歡連忙去打探。

　　「貓頭鷹博士！聽說森林要選蛇王？」

　　「小孩子亂傳話，誰說選蛇王，是選生肖蛇。」

　　「生肖蛇是什麼蛇？沒聽過。」

　　「生肖蛇是年蛇，明年是蛇年，我們要選出最優異特出的蛇做為代表。」

「選代表有什麼條件？我這麼小可以當代表嗎？」

「只要是蛇，不分老幼都可以當代表。不過，你有什麼特點？你為森林做了什麼有意義的事？值得別人選你？」

「哎呀！糟糕！我既沒有特點，又好像從來沒有做過一樁有意義的事。現在做還來得及嗎？要做多少件好事才夠當選？」

「什麼時候開始都不晚，做多做少都行。一年之中，做三百六十五樁不嫌多，做了十二樁也不嫌少，即使只做了一樁也算數。」

「三百六十五樁，太多了，我來不及做。只做一樁又太少了，不多不少做十二樁吧！請問博士，什麼才是有意義的事？」

「哈哈哈！傻孩子！有意義的事多不勝舉，一時怎麼說得完？你只要記住，日行一善，讓別人幸福快樂，就是有意義的事。」

「謝謝您！我記下了。」

歡歡信心滿滿的上路，蜿蜒滑行在林間草徑，昂首探尋四周動靜，等待一展身手的時機。突然「噗」的一聲，身旁掉下一隻幼小的知更鳥，驚惶地拍動雙翅，好不容易飛了起來，立刻又跌趴在地。只見牠奮勇不懈地飛起又跌趴，一心想要回到窩裡去。

「小小鳥！別害怕！我送你回家。」歡歡終於等到第一個機會，迫不及待說出口，卻沒有方法，靈機一動想出好計謀。

「小小鳥！坐到我的頭頂上來，我當電梯送你上去。」歡歡頂著小小鳥，直挺著身子，沿著樹幹緩緩上升，左轉右彎，有驚無險，平安地送進高枝上的鳥窩。

「吱吱吱！謝謝你！」小知更鳥連聲致謝。

歡歡鬆了一口氣，一溜煙滑了下來。剛一落地就聽到「喳喳！喳喳！」的腳步聲。歡歡立刻閃躲在樹根後面，看是誰來了，原來是野灰狼踏著落葉

而過。

「野灰狼要到那裡去？我跟去瞧瞧。」歡歡悄悄地跟著走，走著走著，走到池塘附近。

「哦！原來野灰狼是來喝水的，我還以為牠別有目的，太多心了。」歡歡正想轉身離去，突然發現野灰狼齜牙裂嘴，目露凶光。順著視線望過去，看見一隻小花鹿在水池邊低頭飲水。

「啊！不好了！花鹿有危險，我該怎麼辦？哦！有了。」

「小花鹿！快逃！」歡歡一面大叫，一面衝出草叢，故意繞行在野灰狼的四腳之間，快速地交錯穿梭。

「小蛇！滾開！別擋路！」野灰狼大怒，急得四腳亂跳，頭昏眼花。待一抬頭，已不見花鹿。回頭正想對付多管閒事的小蛇，歡歡早已竄得無影無蹤。

接連三天，歡歡東搜西尋，找不到半點事情可

做。正在暗自發愁，忽然看見好友小白兔蹲在洞口哭泣，歡歡立刻上前相問：

「小白兔！為什麼哭？需要我幫忙嗎？」

「媽媽說我家有三個洞口和通道，我鑽來鑽去卻找不到家。」

「別著急！我幫你去找找看。」

歡歡一頭鑽進洞內，發現地道迂迴彎曲，縱橫交錯。難怪小白兔會迷路，自己也分不清。牠先向中間的路，筆直鑽過去，誰知一下就鑽出了洞外。

「呀！衝過了頭，笨蛋！」牠快速轉身鑽回洞內，再向左

邊的通道彎進去，彎來彎去，找到一個窩，窩裡舒舒服服睡著七八隻小地鼠。

「怎麼搞的？走到地鼠家了，回去重來。」歡歡急忙回頭轉向

右邊的路。走不多遠，發現一個空空的窩，鋪著厚厚的草，灑落著片片白毛。心中大喜，飛也似地滑出洞外，對小白兔說：

「找到了！進洞去順著路走，見彎只能右轉，轉三次後直走，就是你的家。」

「謝謝你！好心的歡歡！」

「別客氣！小事一件而已。」歡歡笑嘻嘻地離開。回家途中，覺得好睏，就靜靜蜷起身子，睡在路旁樹下大石頭旁。此時來了兩個登山人，氣喘如牛，滿頭大汗，看見樹蔭下有兩塊石頭，立刻坐了下來。

「咦？是誰坐在我身上？糟糕！把我當作了石頭，我可不能動，一動就會嚇壞了他。」

「這裡真涼爽，這塊石頭坐起來好舒服，我們來吃野餐吧！」登山的人坐在上面吹風乘涼，又吃又喝。歡歡壓在下面又餓又渴，越熱越重。

「忍耐！不能動，要當石頭只好忍耐。」歡歡拚命忍耐。

「求求你！快點吃完快點站起來吧！我快受不了！」歡歡忍無可忍，正想抽身，剛好那人站了起來，歡歡吐了一口氣，趕緊溜走。

「出發了！我的背包呢？我記得放在這塊石頭旁邊。咦！怎麼連石頭也不見了？有鬼！有鬼！快走！」那人嚇得跳起來。

「胡說！哪有鬼？背包在我這裡，走吧！」朋友安慰他。

「可是，可是我明明坐過的石頭怎麼不見了呢？」那人一路上嘀嘀咕咕，百思不得其解。

可憐的歡歡，被折磨得疲憊不堪。回到家裡倒頭大睡，整整睡了三天三夜，直到小白兔來呼喚：

「歡歡！醒來！選舉大會要開始了。」

「什麼大會？選什麼？」

「選舉生肖蛇呀，你不是想競選嗎？」

「不能去，我才做了四樁好事，哪夠資格參選？」

「四樁好事？夠多了，我連一樁好事都沒做過。」

「你？又不是選生肖兔？怎麼跟我比？」

「歡歡！別管那麼多，去瞧瞧熱鬧也好。」

「說得對！去見識一下。」歡歡和白兔匆匆趕去。

　　森林裡的動物們集合在山谷，有的坐臥在草叢，有的徘徊在小徑，有的從洞內探頭張望，有的在空中盤旋俯瞰。大樹靜靜旁觀，石頭也悄悄等待。揭曉的時刻終於到來，貓頭鷹站在高枝上大聲報告：

　　「今年的生肖蛇代表，經過我們評審，初選了三位。第一位是巨蟒壯壯，牠智慧穩重，保護族群。第二位是錦蛇花花，牠美麗和善，團結友伴。第三位是小蛇歡歡，牠天真可愛，熱心勇敢，幫助小鳥、小鹿、小兔以及登山的人。請選出一位代表。」

「我年歲大，十二年前已當過，請選年輕的吧！」壯壯推辭。

「我喜愛自由，別把代表的高帽子加給我。」花花也拒絕。

「我年紀小，怎麼能擔當代表，千萬別選我。」歡歡急忙申明。

「嗯！三位都不願意，那誰來作代表呢？還是由大家決定吧！」

「好哇！我們來選。」大夥兒正要投票，歡歡走向前大聲說：

「貓頭鷹博士！各位長輩！可以先聽聽我的建議嗎？」

「好！說來大家聽。」

「我想，既然是蛇年，所有的蛇不分老幼，都應該發揮特長，幫助別人，造福森林，所以大家都是生肖蛇，不需要選代表。」歡歡認真的說。

「歡歡說得滿有道理，大家贊同嗎？」

「贊成！贊成！」全體鼓掌通過。

「哈哈！明年我就是生肖馬，我該做什麼事？」小斑馬躍躍欲試。

「唉！後年輪到我是生肖羊，我能做什麼事呢？」小山羊感到惶恐。

「嘻嘻！沒有生肖鹿，我不必做什麼事。」小鹿正暗自慶幸，就聽到貓頭鷹鄭重宣布結果：

「從此大家每年輪流擔任生肖動物，不再選代表。凡是森林的一分子，不論是不是生肖動物，都要愛護森林，保護森林。」

散會後，動物們漸漸離去，歡歡如釋重負，心滿意足。牠弓起身子，一伸一曲的滑向歸途，滿心喜悅迎接嶄新的蛇年。

——原載2001年1月20日《人間福報》

小蛇歡歡

幸運草

　　青青草原上，開滿了粉紫的野花，旅行者停下腳步觀賞。

　　「想不到這小小的野花開得如此鮮豔奪目！」他突然蹲下身來四處張望。

　　「你在找什麼？」同伴好奇的問。

　　「我正在尋找幸運草。」

　　「哦！是那四葉的酢漿草嗎？」

　　「嗯！是的。這一生我還沒有找到過。」

　　「你為何而找？」

　　「我也不知道。也許有所為，也許無所為。」

　　「我們幫你一起找吧！」

　　「好！看看誰是幸運者。」

　　「啊！我找到了！你們看！四片葉子，好大的一株幸運草。」旅行者高興的跳了起來。

　　同伴們立刻湧過來，傳遞著、細數著這稀罕的

169

小草。一群遠足的孩子們也湊過來，驚喜的張大了眼睛，急著也要找尋幸運草。

　　草原上立刻散布了人影，一個個彎腰屈膝尋尋覓覓，一個個唉聲嘆氣徒勞無功，紛紛談論：

　　「唉！這片草原上的酢漿草何止千萬株，為什麼我就找不到？難道那僅有的一株已被你捷足先登取得了嗎？」

　　「我這輩子與幸運無緣，找不到是意料中的事。」

　　「幸運草真的會帶來幸運嗎？我不相信，找不到也沒關係。」

　　　　「我不甘心，這輩子我一定要找

到。」

「幸運草是浪漫的傳說，可遇而不可求。這株草雖被我先發現，但並非為我而生，人人都可以藉它求得幸運，誰想要我就送給誰。如果我們相信幸運是信心的化身，每個人不都早已擁有一株無形的幸運草嗎？」旅行者若有所思，微笑地說。

「你們看！我找到了幸運草。」

一個孩子自信滿滿、興高采烈地跑過來，手裡捧著一大把酢漿草。

——原載2001年4月7日《人間福報》

圓一個飛翔的童心夢 ——後序

　　我是一個愛書的人。由於生在戰亂時代，十歲時才看到兒童書籍。那是一小皮箱滿滿的童話故事書，如獲至寶，驚喜萬分。翻開書本的一瞬間，就進入了童話王國。跟著三隻羊過橋，隨著三隻小豬一起蓋房子，陪著傑克爬上豌豆樹，幫著七個小矮人搭救白雪公主，看著青蛙突然變成王子，游到大海尋找人魚公主。在書中度過如夢似真的快樂童年。

　　我是一個說書的人。初次任教的工作是幼稚園老師，講故事是拿手好戲。我用抑揚頓挫的語音聲調，喜怒哀樂的臉部表情，手舞足蹈的肢體動作，模擬扮演故事中的人物，將故事戲劇化，活潑生動的演述出來。孩子們聽得如痴如迷，一聽再聽，欲罷不能。我彷彿化成一座彩虹橋，牽引孩子一同飛進童話世界。

我是一個寫書的人。原本一直閱讀古人的經典童話，講述名人的傳世寓言，欣賞美麗的世界童話花園。突然有一天，發現自己也是一個園丁，能夠培育小小的花朵，開闢一塊花圃，為廣大的花園增添一點新的色彩。

　　我的小小花圃種滿了幸運草。那四瓣鮮嫩的綠葉，代表生命應具備的「智慧、勇氣、愛心、夢想」。每篇故事將這四項人格品質融入其中，用大自然的花蟲鳥獸當故事人物，表示人類與萬物平等合一的觀念。用擬人法創造情節發展，使故事生活化，讓孩子容易認同。用超現實的技巧鋪敘故事通路，發揮極致的想像空間。

　　每當我創作時，非常興奮快樂，靈感泉湧，思路暢

通。常常化身為故事中的人物，像蒼鷹般飛離森林，變成小鯨巴布洛潛游大海，變成小蛇歡歡穿梭草叢，跟著一心追尋新名字，和孩子尋找幸運草。每篇故事的人物都在我腦中浮沉遊盪，我創造他們，經歷他們的奇特遭遇，分享他們的夢想成真。但願兒童少年賞讀時，能神遊陶醉在純真想像的天地；而成年的讀者也能在書中找回遺忘的童心夢想。

感謝九歌出版社陳素芳總編輯的知重賞識；鍾欣純編輯用四瓣幸運草分輯的創意構思；王淑慧傳神寫照、栩栩如生的插畫；以及心靈的後裔李惠綿，從欣賞閱讀初稿，到精心潤飾定稿，一路相隨到集稿成書。感謝他們一起圓了我的童心夢，圓了大家的童心夢。

趙國瑞　誌於2012年11月30日

九歌故事館 13

尋找幸運草

著者　　　　趙國瑞

繪者　　　　王淑慧

責任編輯　　鍾欣純

發行人　　　蔡文甫

出版發行　　九歌出版社有限公司

　　　　　　台北市 105 八德路 3 段 12 巷 57 弄 40 號

　　　　　　電話／02-25776564・傳真／02-25789205

　　　　　　郵政劃撥／0112295-1

九歌文學網　www.chiuko.com.tw

印刷　　　　晨捷印製股份有限公司

法律顧問　　龍躍天律師・蕭雄淋律師・董安丹律師

初版　　　　2013（民國 102）年 2 月

定價　　　　**250 元**

書號　　　　0174013

ISBN　　　　978-957-444-867-8

（缺頁、破損或裝訂錯誤，請寄回本公司更換）